북방민족들의 '구전 문학' 지혜를 찾아서
- 에스페란토 초보자용 읽기 책

Saĝo-sako
슬기 보따리

오태영(Mateno) 옮김

슬기 보따리(에·한 대역)

인　쇄: 2025년 5월 14일 초판 1쇄
발　행: 2025년 5월 21일 초판 1쇄
옮긴이: 오태영(Mateno)
펴낸이: 오태영
출판사: 진달래
신고 번호: 제25100-2020-000085호
신고 일자: 2020.10.29
주　소: 서울시 구로구 부일로 985, 101호
전　화: 02-2688-1561
팩　스: 0504-200-1561
이메일: 5morning@naver.com
인쇄소: ㈜부건애드(성남시 수정구)

값: 10,000원
ISBN: 979-11-93760-23-9(03820)

북방민족들의 '구전 문학' 지혜를 찾아서
– 에스페란토 초보자용 *읽기 책*

Saĝo-sako
슬기 보따리

오태영(Mateno) 옮김

진달래 출판사

원서

Saĝo-sako

Ĉinaj Popolaj Rakontoj

Ĉina Esperanto-Eldonejo

PEKINO 1983

Esperantigita de Fan Yizu

Polurita de Geoffrey Sutton

번역자의 말

이 책은 몽골, 티베트, 카자흐스탄, 그리고 여우족 등 유라시아 대륙의 광활한 초원과 산악지대를 배경으로 전해 내려온 민중의 이야기들을 담고 있습니다. 이들 민화는 단순한 옛이야기를 넘어, 수백 년 혹은 수천 년 동안 수많은 사람들의 삶에 영향을 끼치며 전해져 온 지혜의 결정체입니다.

이야기에는 발라겐짜, 아구 둠바, 호자 나사르, 알딜 쿠사와 같은 익살스러운 현자들이 등장합니다. 그들은 어리숙해 보이지만 번뜩이는 재치와 유머, 예리한 풍자와 삶의 통찰로 권력을 비틀고 탐욕을 꾸짖으며, 평범한 이들에게 웃음과 위안을 전합니다. 민족과 시대는 달라도, 이 이야기들은 모두 우리 안의 보편적인 인간성과 삶의 지혜를 일깨워 줍니다.

특히 이 이야기들이 흘러온 경로는 하나의 문화에 국한되지 않고, 서로 다른 민족과 경계를 넘나들며 살아 있는 언어와 감정으로 전해졌다는 점에서 더욱 뜻깊습니다. 이는 이야기가 얼마나 널리 사랑받았고, 또 얼마나 실질적인 교훈과 웃음을 주었는지를 보여줍니다.

독자 여러분도 이 책을 통해 낯설지만 정감 어린 세계 속으로 여행을 떠나, 수많은 민중의 슬기와 유머, 용기와 희망을 함께 느끼시기를 바랍니다. 부디 이 『슬기 보따리』가 오늘날을 살아가는 우리 모두의 마음속에도 조용한 울림으로 남기를 바랍니다.

2025년 5월에

오태영(Mateno, 진달래 출판사 대표)

Enhavo(목차)

Mongolaj popolrakontoj

Rakontoj pri Balagenca

Saĝo-sako

La saĝeco de Balagenca estis fame konata por ĉiuj. Oni ofte diris: Plej multnombras la brutaro de princo, sed plej abundas la saĝo de Balagenca. Aŭdinte tiujn vortojn, iu tre fiera kaj memfida nobelo koleregis:

"Absurdaĵo! Kiu el la sklavoj povus esti pli saĝa kaj pli prudenta ol ni nobeloj? Mi volas vidi, kiom da kapoj Balagenca havas."

Post tio, la nobelo ĉie serĉadis Balagenca por kompari, kiu efektive estas pli saĝa.

Iun tagon la nobelo ĉevalrajdis sur stepo kaj renkontis Balagenca, kiu ripozis kaj fumis, sin apogante al oblikve staranta arbo. Li demandis sen elseliĝi:

"Ĉu vi estas Balagenca?"

Balagenca levis la okulojn kaj vidis, ke la

demandinto estas nobelo. Li do restis senmova kaj nur murmuris:

"Jes, ĝuste."

"Oni diras, ke vi estas kompetenta por trompi, Ĉu vere?"

"Tian honoron mi ne meritas, Via Moŝto. Sed oni diras, ke mi estas la plej saĝa."

"Nu, bone. Hodiaŭ mi konkuru kun vi, kaj ni vidos, kiu estas pli saĝa. Se vi sukcesos trompi min, mi do konfesos mian perdon. Alie, mi dehakos vian kapon per mia sabro!"

"Ne, hodiaŭ mi ne povas konkuri kun vi, ĉar mi ne havas mian saĝo-sakon ĉe mi. Alie, eĉ la imperiestron mi aŭdaĈus trompi," diris Balagenca ŝajnigante sin maltrankvila.

Tiu diro des pli kolerigis la nobelon.

"Rapidu preni la saĝo-sakon, kaj mi ĉi tie vin atendos."

"Kiam mi povos reveni, se mi piediros? Nu, por ke vi ne opiniu min timulo, mi proponas elekti alian tagon por nia konkuro. Krome, hodiaŭ mi estas okupita."

"Ne!" eksplodis la nobelo. "Ni nepre konkuru hodiaŭ! Rajdu sur mia ĉevalo, se vi opinias piediradon tro malrapida."

"Ne, ne! Hodiaŭ mi ne havas tempon."

"Kial?"

"Ĉu vi ne rimarkis, Via Moŝto, ke ĉi tiu arbo baldaŭ falos. Mi apogas ĝin per la korpo kaj tial ne povas foriri."

"Lasu tion al mi! Kaj rapidu for!" la nobelo donis sian ĉevalon al Balagenca kaj ekapogis la arbon tutforte.

"Kion fari? Ŝajne vi nepre devigas min trompi vin," diris Balagenca.

"Ne fanfaronu! Se vi malvenkos, gardu vian kapon!" mokridis la nobelo.

"Do, mi trompu vin, Via Moŝto. Bonvolu bone apogi la arbon kaj gardi vin kontraŭ lupoj. Mi iros preni la saĝo-sakon! . .." Balagenca saltis sur la ĉevalon de la nobelo kaj ĝin spronis. La ĉevalo galopis sur la stepo. Sed, li neniam revenis.

몽고 민화 : 발라겐짜 이야기

슬기 보따리

발라겐짜의 지혜는 널리 유명하여, 사람들은 흔히 이렇게 말하곤 했습니다. "군주에게는 가축이 많지만, 발라겐짜에게는 그 무엇보다 지혜가 풍부하다." 자랑스러움과 자신감으로 가득 찬 어느 귀족이 이 말을 듣고 격노하며 외쳤습니다.

"어리석은 말이다! 노예 중에 누가 우리 귀족보다 더 현명하고 신중한 사람이 있겠는가? 발라겐짜가 어떤 머리를 가지고 있는지 내가 꼭 보고 말겠어."

그 후 귀족은 발라겐짜를 찾아 여러 곳을 헤매며 실제로 누가 더 현명한지 비교하고자 했습니다.

그러던 중 어느 날, 귀족이 말을 타고 초원을 건너다가 발라겐짜를 만났습니다. 발라겐짜는 기울어진 나무에 기대어 쉬면서 담배를 피우고 있었습니다. 귀족은 말에서 내리지 않고 물었습니다.

"자네가 발라겐짜인가?"

발라겐짜는 눈을 들어 물어보는 사람이 귀족임을 보았습니다. 그래도 자리에서 일어나지 않고 단지 중얼거리며 대답했습니다.

"그렇습니다. 맞습니다."

"자네가 속이는 데 능숙하다고 하던데, 그게 사실인가?"

"저는 그런 영예를 받을 자격이 없습니다, 어르신. 하지만 사람들은 제가 가장 현명하다고 말합니다."

"그래, 좋아. 오늘 우리가 경쟁해서 누가 더 현명한지 보자. 만약 자네가 나를 속이는 데 성공하면, 내가 패배를 인정하지. 그러나 그렇지 않으면, 칼로 자네 머리를 베어버리겠어!"

"아닙니다, 오늘은 경쟁할 수 없습니다. 제가 슬기 보따리를 가지고 있지 않기 때문입니다. 그게 있었다면, 황제도 속일 수 있을 것입니다." 하고 발라겐짜는 걱정스러운 듯 말했습니다.

이 말에 귀족은 더욱 화를 내며 소리쳤습니다.

"슬기 보따리를 서둘러 가지고 오게. 내가 여기서 기다리고 있을 테니까."

"걸어서 가면 언제 돌아올 수 있겠습니까? 그리고 제가 겁쟁이로 보이지 않도록, 다른 날로 경쟁을 미루는 게 좋을 것 같습니다. 오늘은 바빠서 시간이 없습니다."

귀족은 그 말에 더욱 분노하며 말했습니다.

"아니야! 오늘 반드시 겨루어야 해! 만약 걸어서 가는 게 느리다고 생각되면 내 말을 타고 가게."

"아니요, 아닙니다! 오늘은 정말 시간이 없습니다."

"왜 그런가?"

"어르신, 이 나무가 곧 쓰러질 것을 모르셨습니까? 저는 이 나무를 몸으로 지탱하고 있기에 떠날 수가 없습니다."

"그건 나에게 맡기고 빨리 가게!" 하면서 발라겐짜에게 자신이 타고 온 말을 넘겨주고 힘을 다해 나무에 기대었습니다.

"어떻게 해야 할까요? 어르신, 제가 어르신을 속이도록 강요하고 계시는 것 같습니다." 하고 발라겐짜가 말했습니다.

"헛소리하지 마! 진다면 자네 머리나 잘 지키게!" 귀족은 비웃었습니다.

"그럼 제가 어르신을 속이겠습니다. 나무에 잘 기대고 늑대를 조심하십시오. 저는 슬기 보따리를 가지러 가겠습니다."

발라겐짜는 귀족의 말에 올라 타고 박차를 가했습니다. 말은 대초원을 질주했지만 발라겐짜는 결코 돌아오지 않았습니다.

Elirigi Princon el Portoseĝo

Iun tagon princo iris eksteren per granda portoseĝo portata de ok homoj. Antaŭ kaj post li svarmis sekvantoj kaj gardistoj dum bruis tamtamado kaj tamburado. Ho, kiel majesta parado! Survoje ili hazarde renkontis Balagenca.

"Kiu aŭdacas ne genuiĝi ĉe la vojo?" kriis la princo, kiu estis tiel kolera, ke liaj okuloj pligrandiĝis kaj lia barbo hirtiĝis.

"Estas Balagenca, Via Princa Moŝto," diris iu sekvanto tirante Balagenca al la princo, "neniotima Balagenca."

"Jes, mi estas Balagenca," aldonis ne haste Balagenca, "sed mi ne rekonas vin, Via Princa Moŝto."

"Aha! ... Ĝuste vi estas Balagenca?" surpriziĝis la princo. "Oni diras, ke vi estas la plej trompema, ĉu ne?"

"Ne, mi ne meritas. Mi plej ŝatas diri veron."

"Ĉiuj diras, ke vi estas la plej inĝenia. Ĉu vi kapablas elirigi min el la portoseĝo per trompo?" kontente ridaĉis la princo, opiniante lin jam merita en embarason.

"Kiel mi kuraĝus elirigi Vian Princan Moŝton el la portoseĝo? Tamen, se Via Princa Moŝto eliros el via portoseĝo, mi tiam povos igi vin suriri."

"Ĉu vere?"

"Ja, tiun bagatelon mi, senindulo, facile plenumos."

La princo pensis： Ĉiuokaze mi ne resuriros en la seĝon. Kion vi faros tiam?! "Bone!" Li do konsentis kaj elsaltis el la portoseĝo.

Ĝuste kiam la princo ekstaris sur la tero, Balagenca ridis: "Via Prudenta Princa Moŝto, ĉu mi ne sukcesis elirigi vin per trompo?"

La princo ekgapis konsternìte. Li senvorte residiĝis en la portoseĝon. Vidinte, ke la vizaĝo de la princo misformiĝis de kolerego, ĉiuj sekvantoj subridis.

"Centprocenta trompisto! Levu la portoseĝon! Ekiru!" ordonis la princo kolerege.

Apenaŭ ili ekpaŝis, aŭdiĝis la voĉo de Balagenca ： "Momenton!"

La princo rapide haltigis la portoseĝon kredante, ke Balagenca denove elpensis ian ruzaĵon. Balagenca ridegis:

"Dankon, Via Princa Moŝto, ke vi refoje obeis mian ordonon kaj haltigis vian portoseĝon!"

Dirinte tion, Balagenca tuj ekgalopis for.

가마에서 임금님을 내리게 하기

어느 날, 한 임금이 여덟 명의 하인이 짊어진 큰 가마를 타고 나갔습니다. 그의 앞뒤로 신하들과 경비병들이 무수히 많았고, 탬버린과 북소리가 울려 퍼졌습니다. 오, 얼마나 장엄한 퍼레이드인가! 그들은 가는 길에 우연히 발라겐짜를 만났습니다.

"감히 누가 길가에 무릎을 꿇지 않는가?" 임금은 화가 나서 눈을 크게 뜨고 수염을 곤두세우며 소리쳤습니다.

"발라겐짜입니다, 전하." 하고 어느 신하가 발라겐짜를 임금 쪽으로 끌어당기며 말했습니다. "겁없는 발라겐짜구나."

"그렇습니다. 저는 발라겐짜입니다." 발라겐짜가 천천히 덧붙였습니다. "하지만 저는 전하를 알아보지 못합니다, 전하."

"아하! ... 정말 자네가 발라겐짜인가?" 임금은 놀란 듯이 말했습니다. "자네가 가장 잘 속인다고 사람들이 말하던데, 맞는가?"

"아니요, 저는 그런 말 들을 자격이 없습니다. 저는 진실을 말하는 게 가장 좋습니다."

"자네가 가장 재치있다고 사람들이 말하더구나. 나를 가마에서 속여서 내리게 할 수 있는가?" 발라겐짜가 부끄러움을 당하는 게 마땅하다고 임금은 생각하며 마음껏 비웃었습니다.

"제가 감히 임금님을 가마에서 내리게 할 수 있겠습니까? 하지만 임금님께서 가마에서 내리신다면, 제가 태워드릴 수는 있습니다."

"정말인가?"

"그렇습니다. 불초 소생도 그 정도 일은 쉽게 할 수 있습니다."

임금은 잠시 생각했습니다. '어쨌든 나는 다시 의자에 앉지 않을 거야. 그럼 저놈이 어떻게 할 건가?' "좋아!" 임금은 동의하며 가마에서 뛰어내렸습니다.

임금이 땅에 일어서는 순간, 발라겐짜가 웃으며 말했습니다. "신중한 임금 폐하, 제가 속임수로 임금님을 내리게 하는데 성공하지 않았습니까?"

임금은 놀란 표정으로 바라보았고, 아무 말 없이 다시 가마에 다시 앉았습니다. 임금의 얼굴이 분노로 일그러지자, 모든 신하들은 웃음을 터뜨렸습니다.

"100% 사기꾼이구나! 가마를 들어 올려라! 출발하자!" 임금은 화가 나서 명령을 내렸습니다.

그들이 발을 디딘 순간, 발라겐짜의 목소리가 들려왔습니다. "잠깐만요!"

임금은 발라겐짜가 또 다른 계략을 꾸몄을 것이라 믿고, 재빨리 가마를 멈추게 했습니다. 발라겐짜는 크게 웃으며 말했습니다.

"감사합니다, 전하. 다시 한번 제 명령을 따르셔서 가마를 멈추어 주셔서요!"

이렇게 말한 뒤, 발라겐짜는 즉시 멀리 도망갔습니다.

Vosto de Ora Mustelo

Revenante post vizito al parenco, Balagenca renkontis ŝafpaŝtan infanon ploregantan. Li desaltis de sia ĉevalo kaj demandis pri la kialo. Jen riĉulo Bolredaj asertis, ke la infano paŝtis siajn ŝafojn sur lia paŝtejo kaj ĝin preskaŭ ruinigis, pro tio li forrabis la ĉevalon de la infano. Balagenca akompanis la infanon al lia hejmo. Antaŭ sia foriro li flustris al la infano:

"Ne maltrankviliĝu. En la tria tago mi donos al vi bonan ĉevalon."

Balagenca bone sciis, ke Bolredaj estas tre avara — ke li preferas unu moneron al sia vivo. Balagenca serĉadis ŝancon kaj trovis iufoje, ke Bolredaj rapide alrajdas sur dezerta montvojeto. Kiam Bolredaj alproksimiĝis, Balagenca svingis la manon, por ke li ne proksimiĝu.

Bolredaj ekscivolis pri kio temas, subite vidinte, ke iu kaŭras sur la herboriĉa montdeklivo kaj maltrankvile svingas al li la manon. Li desaltis de sia ĉevalo kaj piedpinte proksimiĝis al Balagenca.

"Kiom abomeninda vi estas!" diris Balagenca kolere, tamen mallaŭte. "Mi jam signis, ke vi ne proksimiĝu. Kaj vi rekte venis ĉi tien! Jen, jen! Vi preskaŭ fortimigis mil uncojn da arĝento!"

Bolredaj estis eksplodonta de kolero, sed aŭdinte pri mil uncoj da arĝento, li tuj kvietiĝis. Atente observinte, li trovis, ke la kaŭranto garde atendas ĉe trueto, tenante oran, vilan voston en la mano. Li flustris ĉe la orelo de Balagenca:

"He! Kion vi kaptis?"

"Kion? Ĉu vi ne vidas? Tio estas altvalora ora mustelo. Por donaci al la imperiestro la princo volonte pagos eĉ mil uncojn da arĝento por ĝi. La Budho benis min, ke mi renkontas tian beston. Mi ĉasis ĝin, sed ĝi enkuris en tiun truon tiel rapide, ke mi apenaŭ povis kapti ĝian voston. Sed nun, mi ne scias, kiel eltiri ĝin."

Bolredaj dronis en revo pri profito. Kiam li aŭdis, ke temas pri ora mustelo, lia koro ŝajnis baldaŭ elsalti el lia brusto. Kaj li kriis pro ĝojo:

"Forte! Forte ĝin eltiru!"

"Ŝŝ! Ĉu vi freneziĝas?" grimacis Balagenca. "Ĉu vi ne scias, ke ĝi neniom valoros, se oni deŝiros ĝian voston? Kaj estus eble, ke la princo dehakigus vian kapon, se li informiĝus pri tio. Amiko, ĉu vi povus helpi al mi?"

"Tre volonte!" entuziasmis la maljuna avidulo. "Oni diras: 'Fremdan havaĵon trafante, havu 1' duonon kontante.' Se ĝi estos elfosita, ĝi apartenos al ni ambaŭ."

"Ha, vi estas pli ruza ol riĉulo Bolredaj, kiun mi, Balagenca, ne rigardas kiel rivalon. Sed mi devas konfesi, ke mi nun renkontis veran rivalon."

"Ha ha ha . . . vi estas Balagenca? Nu, fanfaronulo, sĉiu, ĝuste mi estas Bolredaj. Donu al mi ĉi tiujn mil uncojn kiel konatiĝan donacon!"

"Kio? Ĉu vi estas Bolredaj ?" sin ŝajnigante surprizita, diris Balagenca, "Ve, malbeno al mi! Kial ĝuste nun min trafis la plej granda avidulo!"

"Ĉu vi jam konfesas vian malvenkon?" kontente diris la fimaljunulo. "Sĉiu, ke multe pli da vino mi drinkis, ol da laktoteo vi trinkis."

"Oj, min trafis malfeliĉo! Bonvolu do rajdi al najbara vilaĝo kaj pruntepreni fosilon."

Bolredaj surĉevaliĝis, sed post kelkaj paŝoj li revenis, ĉar li pensis, ke Balagenca, tiom ruza, certe lin sendas for por mem elfosi la oran mustelon kaj proprigi al si la tutan kvanton da arĝento. Li do diris al Balagenca:

"Estas pli bone, ke vi iru preni fosilon, kaj mi ĉi tie atendu."

"Kiel suspektema vi estas!" kolere respondis Balagenca. "Kiam mi revenos, piedirinte tien?"

"Nu, bone, rajdu sur mia ĉevalo."

"Bone! Sed vi sĉiu, ke mi, Balagenca, estas mistifikema. Se mi forrajdos sur via ĉevalo, mi eble ne revenos."

"Ha ha ha.. . vi, fripono, ne ruzu kontraŭ mi! Mi preferas aldoni ankoraŭ tri ĉevalojn kontraŭ tiu ora mustelo. Ĉu vi konsentas?"

"Estu tiel! Kion fari kontraŭ vi, tia ruzulo?" ĝemis Balagenca kun mieno, kvazaŭ li havus nenian rimedon. "Venu ĉi tien, sed ne deŝiru la voston. Vi nepre atendu mian revenon kun fosilo. Alie, ĉio vaporiĝos," li insistis kaj fulme forgalopis per la ĉevalo en la direkto al la vilaĝo, kie loĝis la ŝafpaŝta infano.

Sur la dezerta, herboriĉa montdeklivo la maljuna avidulo Bolredaj atendis kaj atendis, tenante la voston de tiu "ora mustelo". Iom post iom mallumiĝis. Lin atakis kaj malsato kaj malvarmo; li iĝis pli kaj pli laca, pli kaj pli timema. Fine li ne povis deteni sin de dormemo kaj baldaŭ endormiĝis. Subite la vosto eltruiĝis pro senintenca ekmovo de liaj manoj. Li vekiĝis pro timo, ke li deŝiris la voston de la "ora mustelo" kaj la besteto jam forkuris. Li freneze fosadis en la tero per ambaŭ manoj, ĝis li trovis ĉe la tagiĝo nenian spuron de mustelo. Lì fine atente rigardis la voston kaj vidis, ke ĝi tute ne estas vosto de ora mustelo. Ekkonsciinte, ke li estas trompita, li tuj svene falis teren pro kolerego kaj maltrankvilo.

황금 족제비 꼬리

친척을 방문하고 돌아오던 발라겐짜는 길에서 울고 있는 어린 양치기를 만났습니다. 그래서 말을 세우고 그 이유를 물었습니다. 양치기는 부자인 볼레다이의 목초지에서 양을 쳤는데 부자는 양들이 목초지를 거의 망쳐놓았기에 양치기의 말을 **빼앗아** 간다고 억지를 부렸습니다. 발라겐짜는 양치기를 집으로 데려가기로 했습니다. 떠나기 전에 양치기에게 속삭였습니다.

"걱정하지 마라. 사흘이 지나면 좋은 말을 줄게."

발라겐짜는 볼레다이가 매우 인색하고, 목숨보다 동전 한닢을 더 중요하게 여긴다는 사실을 잘 알고 있었습니다. 발라겐짜는 기회를 노리고 있었는데, 어느 날 볼레다이가 황무한 산길을 서둘러 달리고 있는 것을 보았습니다. 볼레다이가 다가오자 발라겐짜는 손을 흔들어 더 이상 가까이 오지 못하게 했습니다.

볼레다이는 무슨 일인지 궁금해하다가, 문득 누군가가 잡초가 무성한 산비탈에 웅크리고 앉아 불안한 표정으로 손을 흔드는 것을 보았습니다. 그는 말에서 뛰어내려 조심스럽게 발라겐짜에게 다가갔습니다.

"정말로 말을 안 들으시네요!" 발라겐짜는 화가 나서 말했지만, 목소리는 차분했습니다. "더 이상 가까이 오지 말라고 여러차례 신호를 보냈잖아요! 그런데 곧장 이리로 오셨네요. 보세요, 봐요! 은 천 온스가 거의 겁을 먹었잖아요!"

볼레다이는 분노가 치밀어 올랐지만, '은 천 온스'라는 말에 흥분을 가라앉혔습니다. 주의를 기울여 살펴본 뒤 그는 웅크리고 있는 사람이 손에 금빛 털이 있는 꼬리를 들고 작은 구멍 옆에서 지키고 있는 모습을 발견했습니다. 그 사람은 발라겐짜의 귀에 속삭였습니다.

"그래! 뭐를 잡았나?"

"뭐라구요? 보지 못했나요? 이건 귀중한 황금 족제비입니다. 황제에게 바치기 위해 임금은 기꺼이 은 천 온스를 지불할 거라구요. 부처님 은혜로 그 짐승을 만났거든요. 제가 이렇게 사냥했지만, 너무 빨리 그 굴로 들어가서 꼬리를 잡기도 힘들어요. 그런데 지금은 어떻게 꺼내야 할지 모르겠어요."

볼레다이는 그 말을 듣고 이익의 꿈에 빠졌습니다. '황금 족제비'라는 말을 들었을 때, 그의 심장은 빠르게 뛰기 시작했습니다. 그는 기쁨에 겨워 소리쳤습니다.

"세게! 힘껏 잡아당겨!"

"쉿! 제정신입니까?" 발라겐짜는 눈살을 찌푸리며 말했습니다. "꼬리가 끊어지면 아무 소용이 없다는 걸 모르십니까? 그리고 임금이 알게 되면 어르신 머리를 베어버릴 수도 있을 겁니다. 어르신, 도와줄 수 있지요?"

"물론이지!" 탐욕스러운 노인은 열광적으로 대답했습니다. "남의 재산을 빼앗으면 절반은 현금으로 가져가잖아. 우리 둘이 파헤치면 모두 함께 나눠 가질 수 있을 거야."

"하하, 부자 볼레다이보다 더 교활하시군요. 저 발라겐짜는 볼레다이를 라이벌로 여기진 않습니다. 하지만 이제 진짜 라이벌을 만났다는 걸 인정해야겠어요."

"하하! 네가 발라겐짜구나? 허풍쟁이야. 봐. 바로 내가 볼레다이거든. 알게 된 기념으로 이 천 온스를 내게 줘!"

"뭐라고요? 어르신이 볼레다이입니까?" 발라겐짜는 놀란 척하며 말했습니다. "아, 저주가 내게 닥쳤구나! 왜 가장 욕심많은 분을 바로 지금 만난 겁니까?"

"이미 패배를 인정한 거야?" 불량한 노인은 만족스러운 미소를 지으며 말했습니다. "네가 먹은 우유보다 내가 훨씬 더 많은 와인을 마셨다는 걸 알라구."

"아, 나에게 불행이 닥쳤구나! 이웃 마을로 가서 삽을 빌려 오세요."

볼레다이는 말에 올라타 몇 걸음 가다가 돌아섰습니다. 그는 발라겐짜가 너무 교활해서 직접 황금 족제비를 파내어 은화를 모두 차지하려고 자신을 멀리 보냈다고 생각했기 때문입니다. 그래서 발라겐짜에게 말했습니다.

"네가 삽을 가져오고, 내가 여기서 기다리는 게 더 좋겠다."

"정말 의심이 많으시군요!" 발라겐짜는 화가 나서 대답했습니다. "저기까지 걸어간 후 언제나 돌아올까요?"

"그럼, 좋아. 내 말을 타고 가거라."

"좋아요! 하지만 어르신은 저 발라겐짜가 사기꾼이라는 걸 아세요. 제가 말을 타고 도망가면 돌아오지 못할 수도 있거든요."

"하하하! 이 악당아, 나한테 장난치지 마! 나는 그 황금 족제비에 대해서 말 세 마리를 더 추가하고 싶거든. 동의하겠니?"

"그렇게 하시죠! 그렇게 교활한 어르신한테 뭘 할 수 있겠습니까?" 발라겐짜는 선택의 여지가 없다는 듯 한숨을 쉬었습니다. "이 쪽으로 오십시오, 하지만 꼬리는 뜯지 마세요. 제가 삽을 들고 돌아올 때까지 꼭 기다려야 합니다. 그렇지 않으면 모든 게 수포가 될 겁니다." 그는 고집하며 말을 타고 양치기 아이가 사는 마을로 달려갔습니다.

황무하고 풀이 무성한 산비탈에서 탐욕스러운 늙은이 볼레다이는 '황금 족제비'의 꼬리를 움켜쥐고 기다렸습니다. 시간이 흐르며 점점 어두워졌고, 그는 굶주림과 추위에 시달렸습니다. 점점 더 피곤해지고, 두려움에 휩싸였습니다. 마침내 졸음을 참지 못하고 금세 잠이 들었습니다. 그의 손이 무의식적으로 움직여 꼬리를 잡아당겼습니다. '황금족제비'의 꼬리를 잡아뜯어, 그 작은 동물이 이미 도망간 것을 두려워하며 볼레다이는 잠에서 깼습니다. 그리고 두 손으로 땅을 미친 듯 파헤치며 황급히 찾기 시작했지만, 결국 새벽까지도 황금 족제비의 흔적을 전혀 발견하지 못했습니다. 그래서 꼬리를 다시 자세히 살펴보니, 그것이 황금 족제비의 꼬리가 아니었음을 깨달았습니다. 볼레다이는 자신이 속았음을 깨닫고 분노와 불안 속에 곧 기절하듯 땅에 쓰러졌습니다.

Lukto

Antaŭe, en la klano Docan estis centfamiliestro, kìu nomiĝis Ĝenlo. Li havis la forton de dek du gruntbovoj kaj scipovis lerte lukti. Multe da homoj mortis en la luktoj kun li, kaj ĉiuj, kiuj restis vivaj post la lukto, devis servi kiel liaj servutuloj laŭ regulo difinita de li. Ili devis paŝti por li ŝafojn kaj suferi dum la tuta vivo.

En ĉiu festo li aranĝis placeton kiel luktejon, ĉe kiu li paradis per aro da ĉevaloj, gruntbovoj kaj grasaj ŝafoj, kaj ankaŭ sternis felojn. Sur flago-stango pendis ŝildo, sur kiu oni legis:

Ĉiu bravalo, kiu povos renversi la centfamiliestron Ĝenlo, gajnos dek ĉevalojn, dek gruntbovojn kaj kvindek grasajn ŝafojn kaj krome ankoraŭ kelke da feloj, sed se la centfamiliestro faligos la bravulon, tiu ĉi devos senpage labori ĉe li por tri jaroj.

Ĉiuj sciis, ke la centfamiliestro estas malica. Sed por sin vivteni, malriĉaj paŝtistoj devis riski la vivon kaj multaj fariĝis liaj servutuloj post la luktoj. Laŭ la regulo Ìli devis labori ĉe li nur tri jarojn. Fakte ili fariĝis dumvivaj sklavoj, ĉar tiu senkorulo kalkulis ĉion: manĝaĵojn, vestojn, eĉ la kuŝejojn de la servutuloj dum la tri jaroj kiel iliajn ŝuldojn, tiel ke la ŝuldoj de la servutuloj fariĝis pli kaj pli multaj, kaj tial ili neniam povis kvitiĝi kun li. Tiamaniere li riĉiĝis pli kaj pli.

Pasis jaroj, kaj venis ĉevalkonkurso. Centfamiliestro Ĝenlo aranĝis luktejon kiel kutime. Pasis jam longa tempo, sed ankoraŭ neniu suriris la placeton.

Subite bela paŝtisto rajdanta sur gruntbovo kun kupraj tintiloj alvenis al la luktejo. Surprizite, ĉiuj deflankiĝis por cedi al li vojon. Tiu ĉi paŝtisto ne desaltis por fari riverencon al la centfamiliestro, nek prezentis hadaon[1] al li laŭ la kutimo. Li rekte alrajdis la centron de la luktejo, kvazaŭ ne vidinte la centfamilicstron.

La centfamiliestro eksplodis de furiozo. Sidante sur brokaĵa kuseno, li minacvoĉe kriis:

"He! Birdeto sen elkreskintaj flugiloj aŭdacas konkuri kun aglo! Infano kun molaj brakoj aŭdacas lukti kun mi! Kiu vi estas?"

---

1) hadao: silka rubando ĝenerale blanka, kelkfoje ankaŭ ruĝa, flava aŭ helblua, kiun la tibetanoj kaj mongoloj prezentas al Dìo, gastoj aŭ estimataj personoj por esprimi sian saluton aŭ gratulon

Desaltinte de sur la gruntbovo, la paŝtisto respondis: "Subtaksata birdeto ofte flugas pli alte ol aglo; malestimata infano ofte kuras pli rapide ol plenaĝulo. Sen kuraĝo de leopardo oni ne aŭdacas veni al vi."

Ruĝiĝinte de kolerego, la centfamiliestro eksaltis kaj demetis sian peltaĵon. Minacante per la korpo bestsimila li paŝis al la centro de la luktejo kaj demandis: "Ĉu vi povas faligi min?"

La paŝtisto kapjesis: "Mi provu!"

La centfamiliestro arogante diris: "Se vi renversos min, mi donos al vi ĉiujn miajn bovojn, ŝafojn kaj ĉevalojn; sed se vi estos venkita, vi do estos mia servutulo dum la tuta vivo."

La paŝtisto skuis la kapon: "Ne, centfamiliestro! Mi ne deziras bovojn, nek ŝafojn, nek ĉevalojn . . ."

"Kion do vi volas? Ĉu paŝtejon aŭ oron?"

"Ne!"

"Kion do?"

"Se mi estos venkita, mi volonte restos via servutulo dum la tuta vivo."

"Komprenebla! Tio estas nia rutino."

"Se mi venkos, vi estos mia servisto."

Surprizite, la centfamiliestro diris al si:

"Ĉu en la mondo troviĝas ankoraŭ tiom aŭdaca

ulo? Hm! Vi, maldika kiel skabia hundo, certe falos sub mia forto," li kapjesis, "bone!"

La paŝtisto diris: "Vantaj vortoj estas senbazaj. Ni skribu dokumenton antaŭ la publiko."

"Skribu do, se vi volas! Nenio ĝenas."

"Ni subskribu ĝin ĉe la milfamiliestro."

"Des pli bone!" La centfamiliestro tuj skribis dokumenton antaŭ ĉiuj. Poste ili ambaŭ iris al la milfamiliestro por subskribi ĝin.

Komenciĝis la lukto.

La centfamiliestro grincis per la dentoj kaj prenis pozon por interbatalo sur la centro de la luktejo, kvazaŭ li tuj povus disrompi la paŝtiston per unu pugnobato. Ĉirkaŭe, ĉiuj rigardantoj maltrankvilis pri la sorto de la paŝtisto.

Sed la paŝtisto trankvile kaj malrapide alpaŝis kaj ĉirkaŭprenis la talion de la centfamiliestro. Ambaŭ tordiĝis, premiĝis. La centfamiliestro provis abrupte renversi la paŝtiston, sed tiu ĉi staris firma kiel fera turo. La paŝtisto facile ekpuŝis la centfamiliestron per la manoj kaj tiu ĉi jam ĵetiĝis kelkdek paŝojn for, kaj kuŝis tie senmova.

Ĉiuj hurais de ĝojo kaj ĵetis al la paŝtisto hadaon. La paŝtisto tion dankis per sinsekvaj riverencoj. Poste, li levis la centfamiliestron kiel sitelon kaj ordonis: "Nu, iru, mia servisto!"

La centfamiliestro baraktis por sin liberigi, sed nenio helpis. Li petadis: "Liberigu min, bravulo! Mi volonte donos al vi tiom da bovoj, ŝafoj kaj herbejoj kiom vi volas."

"Ne!" decideme respondis la paŝtisto : "Ni, tibetanoj ne havas kutimon mensogi; sekvu min!" Li saltis sur sian gruntbovon kaj sin turninte al la centfamiliestro, li severe aldonis: "Se vi ne observos la dokumenton kaj ne sekvos min fidele, mi tuj frakasos vin!"

Nenio alia restis al la centfamiliestro, ol preni sur la dorson la ledsakon de la paŝtisto kaj postkuri la gruntbovon kiel hundeto.

Iu laŭte demandis la paŝtiston: "Ho, bravulo! Vi estas la plej kapabla homo. Bonvolu diri vian nomon!"

Returnante la kapon, la paŝtisto modeste respondis: "Mi tre dankas pro via favoro, amikoj! Mi nomiĝas Agu Dumba[2]."

"Agu Dumba!" iuj ĝojkriis.

"Agu Dumba, la atleto de nia nacio!"

Oni admire rigardis la dorson de Agu Dumba, kaj iuj alkuris al li kaj petis: "Restu en nia klano!"

"Ne!" ridante respondis Agu Dumba, "mi vin dankas, sed mi ankoraŭ havas multe da aferoj."

---

2) Agu Dumba en la tibeta lingvo signifas "oĉjo Komikulo"

티베트 민화 : 아구 둠바 이야기

싸움

옛날 도칸 씨족에는 '젠로'라고 부르는 백가문의 수장이 있었습니다. 젠로는 야크 12마리의 힘을 지닌 무장으로, 뛰어난 전사였습니다. 많은 사람이 그와 싸워서 죽었고, 살아남은 사람들은 그가 정한 법에 따라 농노로 일해야 했습니다. 그를 위해 평생 양을 치며 고통받았습니다.

매년 축제 때마다 젠로는 작은 원형 광장에서 가죽을 바닥에 깔아놓고 말, 야크, 살찐 양 무리를 거느리고 행진했습니다. 깃대에는 이렇게 쓰인 안내문이 걸려 있었습니다.

"백가문의 수장인 젠로를 물리칠 수 있는 용감한 사람에게는 말 10마리, 야크 10마리, 살찐 양 50마리, 그리고 고급 모피가 주어진다. 그러나 젠로에게 진다면 3년 동안 무상으로 그의 농노가 되어야 한다."

젠로는 누구에게나 사악한 인물로 알려져 있었습니다. 하지만 생계를 위해 가난한 양치기들은 목숨을 걸었고, 많은 양치기가 싸운 뒤 농노가 되었습니다. 법에 따라 3년간만 일해야 했지만 사실상 평생을 노예처럼 살아야 했습니다. 젠로는 3년간 농노로 일하는 곳에서 음식, 옷, 심지어 침대까지 모두 빚으로 간주하며 그들의 빚을 점점 더 쌓이게 했기에, 그들은 결코 그 빚에서 벗어날 수 없었습니다. 그런 식으로 그는 더욱 부유해졌습니다.

세월이 흐르고, 어느 날 경마가 열렸습니다. 평소처럼 젠로는 경기장을 마련했습니다. 꽤 긴 시간이 흘렀지만 아무도 나서지 않았습니다. 그런데 갑자기 구리 종을 달고 황소를 탄 잘생긴 양치기가 나타났습니다. 사람들은 놀라며 그에게 길을 비켜주었습니다. 이 양치기는 백가문의 수장에게 경의를 표하기 위해 황소에서 내리지 않았고, 관습에 따라 하다오[3]를 바치지도 않았습니다. 젠로를 보지 않은 듯 바로 경기장 중앙으로 달려갔습니다.

백가문의 수장은 분노를 터트리며 비단 방석에 앉아서 위협하듯 소리쳤습니다. "야! 날개 없는 작은 새가 독수리와 경쟁하려 하다니! 부드러운 팔을 가진 아이가 나와 싸우려 하다니! 너는 누구냐?"

양치기는 황소에서 뛰어내리며 대답했습니다. "낮게 평가받는 작은 새가 독수리보다 종종 더 높이 날고, 멸시받는 아이가 어른보다 종종 더 빨리 달립니다. 표범의 용기가 없다면 아무도 젠로님께 덤비지 못할 것입니다."

백가문의 수장은 화가나 얼굴이 붉어지면서 벌떡 일어나 모피 코트를 벗었습니다. 자신의 거대한 몸을 흔들며 위협적으로 경기장에 들어서 "나를 쓰러뜨릴 수 있겠냐?" 하고 물었습니다.

양치기는 고개를 끄덕이며 대답했습니다. "노력해보겠습니다!"

백가문의 수장은 거만하게 말했습니다. "만약 내가 이기면,

---

3) 하다오 : 대개 흰색이나 빨간색, 노란색, 또는 연한 파란색의 실크 리본

너는 평생 나의 농노가 되어야 한다. 하지만 내가 진다면 내가 가진 소와 양과 말을 모두 너에게 주겠다."

양치기는 고개를 저었습니다. "저는 소도, 양도, 말도 원하지 않습니다."

"그럼 무엇을 원하느냐? 목장이나 금이냐?"

"아닙니다."

"그럼 무엇이냐?"

"만약 제가 패배한다면, 저는 평생 젠로님의 농노로 남겠습니다."

"물론이지. 그게 우리의 일상이지."

"만약 제가 승리한다면, 젠로님이 제 종이 될 겁니다."

놀란 백가문의 수장은 혼자 중얼거렸습니다.

"세상에 아직도 이렇게 대담한 놈이 있을까? 흠! 옴 걸린 개처럼 마른 너는 틀림없이 내 힘에 넘어질 거야." 그리고 고개를 끄덕였습니다. "좋아!"

양치기는 말했습니다. "허영심이 있는 말은 근거가 없습니다. 대중 앞에서 문서를 작성하십시오."

"그럼, 원하면 쓰거라! 전혀 문제 없으니까."

"천가문 수장앞에서 함께 서명을 하십시오."

"더 좋아!" 백가문의 수장은 즉시 모든 사람 앞에서 문서를 작성했습니다. 그런 다음 두 사람은 천가문 수장에게 가서 서명을 했습니다.

싸움이 시작되었습니다.

백가문의 수장은 이를 악물고 경기장 중앙에서 마치 한 번의 주먹으로 양치기를 순식간에 무너뜨릴 수 있을 것처럼 싸우는 자세를 취했습니다. 주변의 모든 구경꾼은 양치기의 운명을 걱정하고 있었습니다.

　그러나 양치기는 편안하게 천천히 걸어가서 백가문의 수장 허리를 팔로 꼭 안았습니다. 둘 다 몸부림치며 힘을 주고 있었습니다. 백가문의 수장은 재빠르게 양치기를 넘어뜨리려고 했지만, 그는 철탑처럼 꼿꼿이 서 있었습니다. 양치기가 손으로 백가문의 수장을 가볍게 밀자, 수장은 수십 걸음이나 던져져 가만히 누워버렸습니다.

　모두가 기쁨에 환호하며 양치기에게 하다오를 던졌습니다. 양치기는 연이어 절을 하여 감사를 표했습니다. 그리고 나서 백가문의 수장을 양동이처럼 들어올리고 명령했습니다. "자, 가거라, 나의 종이여!"

　백가문의 수장은 벗어나려고 발버둥쳤지만 아무 소용이 없었습니다. 그래서 간절히 요청했습니다. "나를 풀어줘, 용사여! 네가 원하는 만큼 소나, 양이나, 목초지를 기꺼이 다 줄게."

　"아니요!" 양치기는 단호하게 대답했습니다. "우리 티베트인들은 거짓말하는 버릇이 없습니다. 나를 따라오세요!" 그러더니 황소 위로 뛰어올라, 백가문의 수장에게로 돌아서서 엄하게 덧붙였습니다. "문서에 쓴 대로 지키지 않고 나를 충실히 따르지 않는다면, 나는 즉시 너를 박살낼 것이다!"

　백가문의 수장은 어쩔 수 없이 양치기의 가죽자루를 등에 지고 작은 개처럼 황소를 쫓아다녔습니다.

　누군가가 양치기에게 큰 소리로 물었습니다. "오, 용감한 사람이여! 당신은 가장 유능한 사람입니다. 당신의 이름을 말해 주세요!"

　양치기는 고개를 돌리고 겸손하게 대답했습니다. "친구 여러분, 여러분의 호의에 매우 감사드립니다! 제 이름은 아구 둠바[4)]입니다."

"아구 둠바!" 일부는 환호했습니다.

"아구 둠바, 우리 국민 운동선수!"

사람들은 아구 둠바의 등을 존경하는 눈으로 바라보았고, 어떤 사람들은 그에게 달려가서 간청했습니다. "우리 일족에 머물러 주세요!"

"아니요!" 아구 둠바는 웃으며 "고맙습니다. 하지만 아직 해야 할 일이 많아요." 라고 대답했습니다.

---

4) 아구 둠바는 티베트어로 "웃기는 아저씨"를 뜻합니다.

Ĉu Estas Ankoraŭ Aliaj Ordonoj?

Estis bienulo, kiu ĉiam diris dungante iun: "Ne gravas, se mi devas multe pagi al vi, sed vi devas kapabli fari ĉion, kion mi postulas!" Fakte, ĉiuj laborintaj ĉe li kiel jaraj dungitoj sciis, ke eĉ por la Budho estus malfacile plenumi tion, kion li postulis de siaj dungitoj. Tiel en la jarfino li povis depreni ĉion de iliaj laborpagoj kaj eĉ ŝuldigis iujn.

Eksciinte pri tio, Agu Dumba tre indignis. Li konsentis ĉiujn kondicojn postulatajn de la bienulo kaj eklaboris ĉe li kiel jardungito.

La bienulo ordonis al Agu Dumba plugi kampon, postulante, ke li memoru, per kiom da paŝoj li plugis ĉiun kampon. Agu Dumba elpensis manieron por memori: Dum la plugado post ĉiu paŝo li tuj starigis herbotigon. Sed tio fine ne helpis. Li laboris la tutan tagon, fariĝis kaj laca kaj malsata, tial li foje starigis herbotigon kaj foje ne. Poste li tute forgesis tion fari.

Vespere la bienulo alrajdis memkontenta kaj demandis fiere: "Kiom da paŝoj vi plugis?"

Agu Dumba respondis: "Mi ne scias!"

Larĝe malferminte la okulojn, la bienulo mokis: "Vi plugis, sed ne scias, kiom da paŝoj vi plugis!"

Subite bona ideo venis al Agu Dumba, kaj li demandis: "Vi alrajdis ĉi tien. Ĉu vi scias, kiom da paŝoj la ĉevalo galopis?" Trovinte nenion por respondi, la bienulo returnis la ĉevalon kaj forrajdis.

Survoje la bienulo cerbumis por serĉi novan artifikon. Li ekmemoris, ke malantaŭ lia domo estas ŝtonego. Ĝi estis tiel granda kiel lia korto. Kiam Agu Dumba hejmeniris post la laborado, la bienulo tuj ordonis, ke li forportu tiun ŝtonegon. Agu Dumba tuj konsentis, sed aldonis, ke li bezonas centmetran ledŝnuron sen ia ajn nodo. Por reteni lian laborpagon, la bienulo aĉetis tre grandan sovaĝan bovon kaj ĝin buĉis. Poste li sternis ĝian felon kaj spirale tranĉis ĝin de ekstere internen por akiri sufiĉe longan ledŝnuron. Kaj per tiu ledŝnuro Agu Dumba ligis la ŝtonegon, sed ankaŭ petis, ke la bienulo helpe levu la ŝtonegon sur lian dorson.

Rondigante la okulojn, la bienulo kriis: "Kiel mi povus movi tiel grandan ŝtonon?"

Ĵetinte la ledŝnuron flanken, Agu Dumba respondis: "Kiel mi povus forporti ĝin, se vi ne povus ĝin eĉ levi?"

Tio ŝtopis la buŝon de la bienulo kaj ege ofendis

lin, sed post kelkaj tagoj li denove venis al Agu Dumba kun fiintenco. Donante al Agu Dumba dek virbovojn, li ordonis, ke tiu hejmeniru kaj paŝtu ilin, kaj postulis, ke Agu Dumba donu al li 25 ujojn da butero ĉiun monaton. Ridante, Agu Dumba pelis la virbovojn hejmen kaj ĉiutage kondukis ilin sur monton, por ke ili transportu por li brullignon.

Pasis monato. La bienulo venis por la butero. Agu Dumba sidis silenta kaj nur mansvingis al li, por ke li ne plu bruu. La bienulo do mallaŭte demandis: "Kio okazas?"

Agu Dumba diris mallaŭte: "Mia patro naskas. Nun li estas en malfacila akuŝo!"

Surprizite, la bienulo diris: "Al la diablo! Ĉu viro naskas?"

Agu Dumba donis kontraŭdemandon: "Vi pravas, viro ne povas naski, do, ĉu oni povas melki virbovon por fari buteron?"

La bienulo denove estis venkita. Hejmenirinte, li kovis fiintencon la tutan nokton. En la sekva tago li alvokis al si Agu Dumba kaj diris: "Mi havas du tre maldikajn ŝtonplatojn, el kiuj mi volas fari botojn. Vi frote preparu ilin"

Agu Dumba konsentis senrezerve: "Antaŭ frotado de felo oni unue devas ĝin macere moligi, do bonvolu unue moligi la ŝtonplatojn!"

La bienulo multe klopodis, sed neniel povis reteni la laborpagojn de Agu Dumba. Male, li vane aĉetis tiun sovaĝan bovegon. Krome la dek bovoj transportis multe da brulligno por Agu Dumba. Kiel li povus kvietigi pro cio tio? Nature, li ankoraŭ volis fari aliajn, novajn artifikojn kontraŭ Agu Dumba, sed li timis pluan malprofiton. Pri tio li pensis tage kaj nokte kaj estis forte ĉagrenita. Fine li volenevole devis engluti la maldolĉan pilolon kaj pagi la salajron al Agu Dumba. Antaŭ sia foriro tiu ci demandis: "Via Bienula Moŝto, ĉu estas ankoraŭ aliaj ordonoj?"

다른 명령이 있나요?

이 이야기는 어떤 지주가 사람을 고용할 때 항상 이렇게 말했던 것으로 시작됩니다. "돈을 많이 주는 것이 중요한 것이 아니라, 내가 부탁한 것은 무엇이든지 할 수 있어야 한다!" 사실, 그와 함께 일한 하인들은 모두 알았습니다. 부처님조차도 그가 요구한 일을 수행하기는 어려웠다는 것을 말이죠. 그래서 지주는 연말에 하인들의 급여에서 모든 것을 공제하고, 심지어 일부는 빚으로 남겨 두었습니다.

이 사실을 알게 된 아구 둠바는 매우 분노했습니다. 그는 지주가 요구한 모든 조건에 동의하고, 1년간 하인으로 일하기 시작했습니다. 지주는 아구 둠바에게 밭을 갈라고 명령하면서, 각 밭을 갈 때마다 몇 걸음을 걸었는지 기억하라고 요구했습니다. 아구 둠바는 이를 기억하는 방법을 생각해냈습니다. 그는 쟁기질을 하면서 한 걸음 내딛을 때마다 바로 풀 막대기를 세우기로 했습니다. 하지만 결국, 그는 그 방법이 별다른 도움이 되지 않는다는 것을 깨달았습니다. 하루 종일 일을 하느라 피곤하고 배고팠던 그는 때로는 풀 막대기를 세우기도 하고, 빼먹기도 하다가 나중에는 그마저도 완전히 잊어버렸습니다.

저녁이 되자 지주가 기쁘게 다가와 자랑스럽게 물었습니다. "몇 걸음이나 쟁기질했나?" 아구 둠바는 "모르겠어요!" 라고 대답했습니다. 지주는 눈을 크게 뜨고 조롱하듯 말했습니다. "쟁기질은 했지만, 몇 걸음이나 했는지 모른다고?" 그러자 갑자기 아구 둠바에게 좋은 생각이 떠올랐습니다. 그는 지주에게 물었습니다. "주인님이 여기 말을 타고 오셨는데, 말이 몇 걸음을 질주했는지 알 수 있나요?" 지주는 대답할 말이 없었습니다. 결국 그는 말을 돌려 멀리 달려갔습니다.

　그 과정에서 지주는 새로운 술수를 떠올렸습니다. 그는 자신의 집 뒤에 있는 큰 바위를 기억했습니다. 그것은 마당만큼이나 컸습니다. 아구 둠바가 일을 마치고 집으로 돌아오자 농부는 그에게 그 바위를 치우라고 명령했습니다. 아구 둠바는 즉시 동의했지만, "매듭이 없는 100m 길이의 가죽 밧줄이 필요합니다." 라고 덧붙였습니다. 지주는 급여를 아끼기 위해 매우 큰 들소를 사서 도살하고, 그 가죽을 펴서 바깥쪽에서 안쪽으로 나선형으로 잘라 충분히 긴 밧줄을 만들었습니다. 아구 둠바는 그 가죽 밧줄로 바위를 묶고, 지주에게 바위를 등에다 들어 올리는 것을 도와달라고 부탁했습니다.

　지주는 눈을 둥글게 크게 뜨며 소리쳤습니다. "저렇게 큰 돌을 어떻게 옮길 수 있겠어?" 아구 둠바는 가죽 밧줄을 옆으로 내던지며 대답했습니다. "주인님이 들어 올릴 수도 없는데, 제가 어떻게 가지고 갈 수 있겠습니까?" 지주는 그 말을 듣고 할 말이 없어 속이 상하자, 며칠 후 다시 아구 둠바에게 악의를 품고 찾아왔습니다. 그는 아구 둠바에게 소 열 마리를 주고 집으로 가서 소들을 방목하라고 명령했습니다. 그리고 매달 버터 25병을 주라고 요구했습니다. 아구 둠바는 웃으며 소들을 집으로 몰고 갔고, 매일 소들이 장작을 운반할 수 있도록 산으로 올라갔습니다.

　한 달이 지나고, 지주는 버터를 받으러 왔습니다. 아구 둠바는 아무 말 없이 그에게 손을 흔들며 더 이상 소리내지 말라고 했습니다. 지주가 조용히 물었습니다. "무슨 일이냐?" 아구 둠바가 낮은 소리로 대답했습니다. "제 아버지가 출산을 앞두고 계십니다. 지금은 힘든 진통을 겪고 계세요!" 지주는 놀라며 외쳤습니다. "미친놈아! 남자가 아이를 낳는다고?" 아구 둠바는 반박하며 말했습니다. "맞아요, 남자는 아이를 낳을 수 없죠. 그런데 황소를 짜서 버터를 만들 수 있을까요?"

지주는 또 다시 패배감을 느끼고, 집으로 돌아가서 밤새도록 자신의 나쁜 의도에 대해 궁리를 거듭했습니다. 다음 날 그는 아구 둠바를 불러서 말했습니다. "나는 신발을 만들고 싶은 아주 얇은 돌판 두 개를 가지고 있어. 너는 그것들을 문질러서 준비하면 돼."

아구 둠바는 망설임 없이 동의했다. "가죽을 문지르기 전에 먼저 녹여서 부드럽게 만들어야 합니다. 그러니 먼저 돌판을 부드럽게 만들어 주세요!"

지주는 열심히 노력했지만 아구 둠바의 급여를 주지 않을 수 없었습니다. 오히려 그 들소를 헛되이 샀습니다. 게다가 열 마리의 소는 아구 둠바를 위해 많은 양의 장작을 운반했습니다. 그는 이 모든 일로 인해 어떻게 진정할 수 있었을까? 당연히 아구 둠바를 상대로 다른 새로운 술책을 사용하고 싶었지만, 더 큰 해를 당할까 두려웠습니다. 그는 이 일을 밤낮으로 생각하며 몹시 괴로워했습니다. 결국 어쩔 수 없이 쓴 약을 삼키고 아구 둠바에게 급여를 지불해야 했습니다. 아구 둠바는 떠나기 전에 "주인님, 다른 명령이 있습니까?" 라고 물었습니다.

Trezoro de Agu Dumba

Iun tagon multe da malriĉuloj iris viziti Agu Dumba. Ili diris: "Onklo Dumba, mizera estas nia vivo! Ĉu vi ne povas eltrovi ian rimedon por nin helpi?"

Pensinte momenton kun klinita kapo, Agu Dumba respondis : "Nu, bone, sekvu min." Li kondukis ĉiujn al kamparo kaj, serĉinte tie kaj tie, fine trovis pecegon da tero ĉe rivero kaj diris: "Mi havas trezoron enterigitan ĉi tie, sed jam pasis tiel mutle da jaroj, ke mi ne povas memori la precizan lokon. Do, fosu, kaj mi ĝin donacos al vi, se vi trovos ĝin." Li aldonis: "Alia afero atendas min. Se vi elfosos, diru al mi." Tion dirinte, li foriris.

Ĉiuj penege fosadis. La suno fajre brulis, kaj ili ŝvitis abunde. Sed la malriĉuloj neniel perdis la kuraĝon kaj peneme laboris tage kaj nokte. Ili estis baldaŭ finfosontaj la terpecon, sed ankoraŭ nenia signo de la trezoro vidiĝis.

Veniginte Agu Dumba, la malriĉuloj demandis: "Kie estas la trezoro, onklo Dumba? Ni finfosis jam la terpecon!" Enŝovinte sian manon en la teron, Agu Dumba diris: "Ho ne, ne sufiĉas! Mi memoras, ke mi ĝin tre profonde enterigis."

La malriĉuloj daŭrigis la laboron. Ili fosadis profunde, tiel ke eĉ vidiĝis akvo, sed tion ili ne zorgis. ĉiuj faris firman decidon nepre trovi la trezoron.

Post kelkaj tagoj la tero estis jam finfosita, tamen la trezoro ankoraŭ ne trovita. Tiam Agu Dumba kaŝe enterigis ŝtonon en la mezo de la terpeco kaj laŭte krìis: "Rapidu, ĉi tie estas la trezoro!"

Aŭdinte tion, ĉiuj alkuris kaj vidis, ke tie estas nur ŝtono. Ĉiuj mire demandis: "Onklo Dumba, tio ja estas nur ŝtono! Kial vi diras, ke ĝi estas trezoro?"

Agu Dumba respondis: "Krom tio mi havas nenion."

Ĉiuj demandis plu: "Kion fari nun? Ni jam multe klopodis, kaj la tero estas tute taŭzita."

Agu Dumba konsilis: "Akvumu la teron kaj poste disĵetu semojn." La malriĉuloj agis laŭ la vortoj de Agu Dumba.

Kiam venis la rikolta aŭtuno, ili ricevis abundan grenon, kaj ilia vivo fariĝis senzorga. Nur tiam ili komprenis, kial onklo Dumba deziris, ke ili laboru kaj kulturu teron.

De tiam, por rememori la instruon de Agu Dumba, la tibetaj kamparanoj metas post plugado kelkajn ŝtonojn en la mezon de la kampo kaj nomas tion la trezoro donacita de Agu Dumba, per kio ili akiros riĉan rikolton.

아구 둠바의 보물

어느 날, 많은 가난한 사람들이 아구 둠바를 찾아왔습니다. 그들은 아구 둠바에게 말했습니다.

"둠바 아저씨, 우리의 삶은 너무나 비참해요! 우리를 도와줄 방법이 없을까요?"

아구 둠바는 잠시 생각에 잠기더니 고개를 숙이며 대답했습니다.

"그래, 좋아요, 따라오세요."

그는 그들을 들판으로 인도했고, 여러 곳을 수색한 끝에 강가에 있는 넓은 땅을 발견하며 말했습니다.

"여기에 보물을 묻어두었어요. 하지만 너무 오랜 세월이 지나서 정확한 위치는 기억나지 않네요. 그러니 여러분이 이 땅을 파서 보물을 찾으면 그걸 드리겠습니다."

그리고 그는 덧붙였습니다.

"하지만 다른 일이 기다리고 있어요. 다 파헤치면 내게 알려주세요." 그렇게 말하고 아구 둠바는 가버렸습니다.

그 후, 모두 열심히 땅을 파기 시작했습니다. 태양은 뜨겁게 내리쬐었고, 그들은 땀을 흘리며 힘겹게 일을 했습니다. 그러나 가난한 사람들은 낙담하지 않고 밤낮없이 열심히 일을 계속했습니다. 그들은 땅을 거의 다 파냈지만, 보물의 흔적은 여전히 보이지 않았습니다.

아구 둠바가 다시 돌아오자, 가난한 사람들은 "둠바 아저씨, 보물은 어디 있나요? 우리는 이미 땅을 거의 다 파냈어요!" 라고 물었습니다.

아구 둠바는 손을 땅에 찔러넣으며 말했습니다.

"아니요, 아직 충분히 파지 않았어요. 내가 아주 깊이 묻어 두었다고 기억하거든요."

그들은 계속해서 파헤쳤습니다. 물이 보이도록 깊이 파기도 했지만 신경 쓰지 않았습니다. 보물을 반드시 찾겠다는 굳은 결심을 가지고 일을 계속했습니다.

며칠이 지나고, 드디어 땅을 파헤친 그곳에서 아무것도 발견되지 않자, 아구 둠바는 비밀리에 흙 한가운데에 돌을 하나 묻고 큰 소리로 외쳤습니다.

"서둘러, 보물이 여기 있다!"

소리를 듣고 모두 달려가 보니, 그곳에는 돌 하나만 놓여 있었습니다. 사람들이 놀라며 물었습니다.

"둠바 아저씨, 이건 그냥 돌이에요! 왜 보물이라고 하세요?"

아구 둠바는 조용히 대답했습니다.

"그 외에는 아무것도 없어요."

모두 더 물었습니다. "이제 뭘 해야 하나요? 우리는 이미 너무 노력했는데, 땅은 완전히 망가졌어요."

아구 둠바는 조언을 해주었습니다.

"땅에 물을 주고 씨앗을 뿌리세요."

가난한 사람들은 그의 말을 따라 움직였습니다. 그리고 가을이 되자 그들은 풍성한 곡식을 수확할 수 있었습니다. 그들의 삶은 걱정 없이 행복하게 변했습니다. 그제서야 그들은 아구 둠바가 왜 그들에게 땅을 경작하고 열심히 일하라고 했는지를 이해할 수 있었습니다.

그 후로 티베트 농부들은 아구 둠바의 가르침을 기억하며, 밭을 갈고 난 후 밭 한가운데에 돌 몇 개를 놓습니다. 그리고 풍성한 수확을 가져다 주려고 아구 둠바가 선물한 보물이라고 부른답니다.

Mi Postulas Nur Unu Sakon da Zanbao

Informite, ke la estro de la vilaĝo Erokan serĉas jaran dungiton, Agu Dumba iris al li kaj diris: "Via Estra Moŝto, lasu min servi al vi! Mi postulas ĉiufoje manĝi nur unu bovlon da zanbao[5] kaj preni nur unu sakon da zanbao kiel jar-salajron."

Aŭdinte, ke tiel forta homo postulas nur malgrandan laborpagon, la vilaĝestro, kompreneble, tuj konsentis.

Estis la horo por manĝi. La edzino de la vilaĝestro intence donis al Agu Dumba etan bovlon. Ĉiuj volis rigardi, kiel tiu forta viro povas satigi sin per tiel malgranda bovlo da manĝaĵo. Li aplombe verŝis teon en la bovleton, poste enŝutis zanbaon kaj knedis ĝin, ĝis ĝi fariĝis pasto. Tiam li denove verŝis teon kaj denove ŝutis zanbaon. Li ripetadis la samon, ĝis la zanbaa bulo fariĝis tiel granda, ke ĝi sufiĉis eĉ por homo malsatega. Tio tre doloris la familianojn de la vilaĝestro, sed ili tamen nenion povis fari krom akcepti la malfeliĉon.

---

5) zanbao: faruno el rostita hordeo, ĉefmanĝaĵo de tibetanoj

Post la manĝo la vilaĝestro diris al li: "Mi bredas ŝafojn por lano. Vi manĝis tiel multe, do vi devas ankaŭ labori multe. Nu, vi kaj tiu ĉi bovo plugu la kampon okcidente de la vilaĝo!"

"Tio estas simple fiintenco por min meti en embarason! Ĉu per unu bovo oni povas plugi[6]? Cetere, la kampo, kiun mi devas plugi, estas tiel granda!" pensis Agu Dumba, pelante la bovon antaŭen. Subite venis en lian kapon bona ideo. Li pelis la bovon en arbaron, ligis ĝin al arbo kaj detranĉis la voston. Li revenis kun la vosto kaj ŝovis ĝis duone la voston en la kampon. Poste li laŭte kriis en la direkto al la vilaĝo:

"Uhu! hu ho hu! La bovo ŝovis sin en la teron. Helpu! Ra— pi—de!"

Homoj alkuris de ĉiuj flankoj. Agu Dumba tenis la voston kun ŝajnigita penego. La vilaĝestro rapidis al li kaj brakumis lian talion por eltiri la bovon, sed ili ne sukcesis. Venis helpi la edzino de la vilaĝestro, sed ili kune tamen ne sukcesis. Venis ankaŭ la gefiloj de la estro. Ili sukcesis per unu forta tiro elterigi la voston, kaj ĉiuj abrupte falis teren unu sur alian. Tenante la voston en la mano, Agu Dumba kolere plendis: "Jen, jen! Kial vi uzis tiel

---

6) En Tibeto oni tiam kutimis plugi per du bovoj, ligtnte ŝnuron sur la kornoj de ambaŭ bovoj.

grandan forton, ke ŝiriĝis ĝia vosto."

"Ĝi forkuris! Ĝi certe kuris al la alia loko tra la tero."

"Ni ofendis lama-templon!"

"Certe! Certe! ..." ĉiuj kredeme bruis.

La vilaĝestro povis fari nenion alian, ol iri hejmen kun la vosto. En la nokto de tiu tago Agu Dumba enŝteliĝis en la arbaron kaj pelis la senvostan bovon hejmen.

Pasis kelke da monatoj. Iumatene la vilaĝestro ne donis matenmanĝon al Agu Dumba, sed ordonis lin ebenigi kampon. Agu Dumba protestis:

"Mi ankoraŭ ne matenmanĝis, do mi ne iros ebenigi la kampon."

La estro ordonis lin dorse porti arbustobranĉojn, sed li rifuzis pro la dornoj. La estro malpacienciĝis:

"Vi estas simple demono! Vi iam diris, ke vi bezonas nur unu bovlon da zanbao, sed, fakte, vi manĝas ege multe; mi ordonis vin plugi, sed vi lasis la bovon enteriĝi. Ve, ve! Tion aranĝis la fatalo. For de mi!"

"Kio? Ĉu tio estas tiel facila, ke mi foriru? Donu mian salajron!" Agu Dumba trankvile protestis.

Por pli frue foririgi Agu Dumba, la vilaĝestro konsentis la postulon, pensante, ke unu sako da zanbao ne gravas. Agu Dumba iris hejmen kaj revenis kun sakego. La estro ŝutis zanbaon en la sakegon, li ŝutis kaj ŝutis, sed la sakego neniam pleniĝis. Pensante, ke Agu Dumba neniel povos porti ĝin hejmen, li daŭrigis la ŝutadon. Fine la sakego pleniĝis, li hurlis al Agu Dumba:

"For kun via sakaĉo! Se survoje vi ripozos, mi reprenos ĉion!"

"Bone!" senhezite konsentis Agu Dumba.

Li sin trenis kun la sakego sur la dorso. La vilaĝestro sendis sian filon por gvati Agu Dumba, dirante:

"Rigardu zorge! Antaŭ ol eliri el la vilaĝo, li haltos por ripozi."

Kun tiel peza ŝarĝo Agu Dumba penege atingis la montpiedon. Li metis la sakon sur la teron kaj tuj reiris al la vilaĝestro:

"Oĉjo, dankon! Adiaŭ!"

"Kial vi ripozas?"

"Ne, tio ne estas ripozo. Mi forgesis vin adiaŭi." Tion dirante, li eliris el la domo de la vilaĝestro. Li jam sufiĉe ripozis, denove surdorsigis la sakon kaj ekgrimpis sur la monton. Atinginte la montosupron li havis neniom da forto por iri plu. Li do lasis la sakon, malsupreniris kaj venis al la hejmo de la vilaĝestro.

"Kial vi denove ripozas?"

Ne! Ne por ripozi, sed por preni miajn botojn! Mi forgesis ilin en la ĉevalejo." Tion dirinte, li eniris en la ĉevalejon, elprenis paron da eluzitaj botoj kaj foriris.

Li reprenis la sakon kaj komencis malsupreniri de la monto. La deiro estis ankoraŭ pli malfacila. Duonvoje lia forto estis tute elĉerpita. Li demetis la sakon kaj denove reiris al la domo de la vilaĝestro. Li diris al la estro:

"Se estonte vi bezonos dungiton, bonvolu revenigi min!"

"Kiu ankoraŭ volus redungi vin?" la estro eksplodis de kolero kaj manfrapis tablon. "Kial vi faras ripozon? Do la sako da zanbao apartenas al mi."

"Kio? Ĉu ĝi estas via? Mi tute ne ripozas. Mi venas por serĉi okupon." Tion dirinte, Agu Dumba foriris. Tiamaniere li atingis sian hejmon, kiu situis ĉe la montpiedo.

저는 잔바오 한 봉지만 필요해요

에로칸 마을의 촌장이 일 년 동안 함께 일할 직원을 구한다는 소식을 듣고, 아구 둠바는 찾아가 말했습니다.

"어르신, 제가 일하게 해 주세요! 저는 끼니때마다 잔바오[7] 한 그릇만 먹겠습니다. 그리고 연봉으로 잔바오 한 자루만 받으면 됩니다."

촌장은 힘센 젊은이가 보수를 적게 요구한다는 말을 듣고 즉시 채용했습니다.

식사 시간이 되자, 촌장의 아내는 일부러 아구 둠바에게 작은 그릇을 주었습니다. 마을 사람들은 이 힘센 젊은이가 그렇게 작은 그릇의 음식으로 어떻게 배를 채울 수 있을지 궁금해하며 지켜보았습니다. 아구 둠바는 차를 작은 그릇에 부은 뒤, 잔바오를 더하여 자신 있게 반죽을 만들었습니다. 그런 다음 다시 차를 부어주고, 다시 잔바오를 뿌렸습니다. 잔바오가 매우 배고픈 사람이라도 먹을 만큼 커질 때까지 같은 일을 반복했습니다. 이 광경은 촌장 가족에게 큰 충격을 주었지만, 그들은 아무 말 없이 참을 수밖에 없었습니다.

식사 후, 촌장은 아구 둠바에게 말했습니다.

"나는 양털을 얻기 위해 양을 기르고 있어. 너는 너무 많이 먹었으니, 이제 너도 열심히 일해야 할 때야. 이제 이 소로 마을

---

7) 볶은 보리로 만든 가루로, 티베트 사람들의 주식

의 서쪽 밭을 일궈라!"

　　'이건 나를 골탕 먹이려는 계략이구나! 한 마리의 소로 어떻게 쟁기질[8]을 하라는 거야? 게다가, 갈아야 할 밭은 너무 넓은데.' 하고 아구 둠바는 소를 몰고 가며 생각하다가 갑자기 좋은 아이디어가 떠올랐습니다. 그래서 소를 숲으로 몰고 가, 나무에 묶은 뒤 소의 꼬리를 잘랐습니다. 그 꼬리를 들고 돌아와 밭에다 반쯤이나 깊이 쑤셔넣었습니다. 그리고 마을 방향으로 큰 소리로 외쳤습니다.

　　"어허! 어허! 소가 땅에 파묻혔어요! 도와주세요! 빨리!"

　　사람들이 사방에서 달려왔습니다. 아구 둠바는 애쓰는 척하면서 소의 꼬리를 잡고 있었습니다. 촌장이 달려와서 소를 끌어내려고 아구 둠바의 허리를 꼭껴안고 잡아당겼지만, 소용이 없었습니다. 촌장의 아내가 도와주러 왔지만, 두 사람이 힘을 합쳐도 여전히 소를 끌어내지 못했습니다. 촌장의 자녀들도 달려왔고, 그들은 힘껏 잡아당겨 꼬리를 빼내는 데 성공했지만, 갑자기 모두 바닥에 쓰러졌습니다. 한 사람이 다른 사람 위에 엎어졌습니다. 꼬리를 손에 쥔 아구 둠바는 화가 나서 불평했습니다.

　　"보세요, 보세요! 그렇게 힘껏 당기니까 꼬리가 찢어졌잖아요?"

　　"소가 도망갔어요! 아마 땅속 깊이 도망쳤을 거예요!"

　　"우리는 라마 사원을 모욕한 거예요!"

　　"그렇죠! 그렇죠!" 모든 사람이 그렇게 믿는 것처럼 소리쳤습니다.

　　촌장은 아무것도 할 수 없어, 결국 꼬리를 들고 집으로 돌

---

8) 티베트에서는 두 마리의 소로 쟁기질하는 것이 일반적으로, 두 마리 소의 뿔에 밧줄을 묶어 쟁기질한다.

아갈 수밖에 없었습니다. 그날 밤, 아구 둠바는 숲으로 가서 꼬리 없는 소를 집으로 몰고 갔습니다.

몇 달이 지나고 어느 날 아침, 마을의 촌장은 아구 둠바에게 아침 식사도 주지 않고 밭을 평평하게 하라고 명령했습니다. 아구 둠바는 항의했습니다.

"아직 아침도 먹지 않아서, 일하러 가지 않겠습니다."

촌장은 아구 둠바에게 덤불 가지를 등에 짊어지고 가라고 명령했지만, 아구 둠바는 가시 때문에 거부했습니다. 그러자 촌장은 참을성을 잃고 말했습니다.

"너는 정말 악마야! 한때 잔바오 한 그릇만 원한다고 했지만, 사실 엄청나게 많이 먹었잖아. 쟁기질하라고 명령했을 때는 소가 땅에 파묻히도록 놔두었잖아. 아아, 아아! 운명이 이렇게 정해졌구나. 이제 떠나가거라!"

"뭐라구요? 떠나는 게 그렇게 쉬운 겁니까? 제 급여는 주셔야죠!" 아구 둠바는 침착하게 항의했습니다.

촌장은 아구 둠바를 빨리 떠나게 하려고 잔바오 한 자루는 중요하지 않게 생각하고 그 요구에 응했습니다. 아구 둠바는 집으로 가서 큰 자루를 들고 돌아왔습니다. 촌장은 잔바오를 자루에 붓고, 붓고 또 부었지만, 자루는 끝내 가득 차지 않았습니다. 촌장은 아구 둠바가 그것을 집으로 가져갈 수 없다고 생각하고 계속해서 잔바오를 넣었습니다. 마침내 자루가 가득 차자 촌장은 아구 둠바에게 소리쳤습니다.

"자루를 챙겨가거라! 그런데 가는 도중에 쉬면 모든 걸 다시 회수해갈 거야!"

"좋아요!" 아구 둠바는 주저하지 않고 동의했습니다.

그리고는 큰 자루를 등에 지고 터벅터벅 걸어갔습니다. 촌장은 아구 둠바를 감시하기 위해 아들을 보내면서 말했습니다.

"잘 살펴라! 저놈은 마을을 떠나기 전에 쉬려고 멈출 거야."

무거운 짐을 지고 아구 둠바는 힘겹게 산기슭까지 도달했습니다. 그뒤 자루를 바닥에 놓고 마을의 촌장에게 돌아갔습니다.

"어르신, 고맙습니다! 안녕히 계세요!"

"왜 쉬는 것이냐?"

"아니요, 쉬는 것이 아닙니다. 작별 인사 드리는 것을 까먹었습니다."

그렇게 말하고 아구 둠바는 촌장의 집을 나왔습니다. 아구 둠바는 충분히 쉬고 나서 다시 가방을 메고 산을 오르기 시작했습니다. 마침내 산 꼭대기에 도달했지만, 더 이상 나아갈 힘이 없었습니다. 그래서 자루를 그대로 둔 채 촌장 집으로 다시 내려갔습니다.

"왜 또 쉬는 것이냐?"

"아니요! 쉬려고 온 게 아니라, 제 신을 가지러 왔습니다. 마구간에 두고 까먹었습니다." 아구 둠바는 그렇게 말하며 마구간으로 들어가 낡은 신발 한 켤레를 꺼내서 가지고 나왔습니다.

다시 아구 둠바는 자루를 들고 산을 내려가기 시작했습니다. 내려가는 길은 여전히 더 힘들어서, 절반쯤 내려갔을 때 힘이 완전히 소진되었습니다. 자루를 내려놓고 촌장 집으로 다시 돌아갔습니다.

그리고 촌장에게 이렇게 말했습니다.

"나중에 직원이 필요하면 저를 다시 불러오세요!"

"누가 너를 다시 고용하고 싶겠니?" 촌장은 분노에 차서 손을 탁자에 내리쳤습니다.

"왜 쉬는 것이냐? 그러니까 잔바오 자루는 이제 내 거다."

"뭐라구요? 어르신 거라고요? 저는 전혀 쉬지 않았습니다. 일자리를 찾으러 왔을 뿐이에요!" 그렇게 말하며 아구 둠바는 떠났습니다. 그런 식으로 산기슭에 있는 고향집에 무사히 도착했습니다.

Buĉi Sanktan Bovon

Iun tagon Agu Dumba preterpasis iun vilaĝon. Li vidis du maldikulojn pene labori sur kampo. Ili jam estis tiel lacaj ke ili apenaŭ povis spiri, sed ili tamen ne ripozis eĉ momenton nek preparis manĝon, kvankam jam estis tagmezo. Li forte miris. Post pridemando li eksciis, ke ili estas sklavoj de bienulo, kiu permesas al ili preni nur unu manĝon en la tuta tago kaj postulas, ke ili laboru tiom kiom gruntbovo. Agu Dumba tre indignis. Li decidis tranokti en la vilaĝo.

Vespere Agu Dumba ŝtele elkondukis gruntbovon el la bovaro de la bienulo, pendigis al ĝiaj oreloj sutrajn tolojn kaj venis al la bienulo por tranokti, deklarante, ke li estas ĉefservisto de granda prefekto kaj nun sendas la sanktan bovon al la templo. La bienulo iom dubis pri li, sed, vidinte la sutrajn tolojn sur la bov-oreloj, devis ĝentile akcepti lin. Antaŭ la enlitiĝo Agu Dumba serioze atentigis la bienulon:

"Bonvolu konduki la sanktan bovon al sekura

loko. Se okazus io neatendita, vi ne povus kompensi eĉ per mil uncoj da arĝento!" Poste li konfidencis, ke li volonte pagos 30 uncojn da arĝento, se nur lia sankta bovo sekure tranoktos.

Aŭdinte, ke li povos gajni 30 uncojn da arĝento, la bienulo ridis tiel energie, ke eĉ tremis la vangoj. "Estu trankvila! En mian ĉambron eĉ muso ne povas sin enŝovi," li diris kun granda certeco.

Tenante buterlampon en mano, la bienulo atente kondukis kune kun Agu Dumba la "sanktan bovon" en malplenan ĉambron.

Meznokte, kiam la bienulo dronis en profunda dormo, Agu Dumba ellitiĝis kaj enŝteliĝis en la ĉambron, kie tranoktis la "sankta bovo". Li strangole mortigis la bovon per lanŝnuro, dishakis ĝin en kelkajn pecojn, ĵetis unu bovfemuron en la stalon, kie la sklavoj dormis, ŝmiris la lipojn kaj manojn de la du sklavoj per bovsango kaj post tio reiris en sian ĉambron kaj trankvile endormiĝis.

Antaŭ ol tute mateniĝis, Agu Dumba iris en la ĉambron de la "sankta bovo". Li lamente kriegis:

"Kia fatalaĵo! Oni buĉis la sanktan bovon!"

La bienulo, vekita de la bruo, rapidis tien kaj ŝtoniĝis de teruro. Agu Dumba kaptis la bienulon je la brusto kaj muĝis:

"Vi diris, ke tien ĉi eĉ muso ne povas enŝoviĝi.

Kial do la sankta bovo estas buĉita?" Li tiris la bienulon por serĉi laŭ la spuro de bovsango. Ili atingis la bovostalon kaj trovis tie bovfemuron kaj sklavojn kun la buŝo kaj manoj ŝmiritaj per bovsango. Li eksplodis de kolerego:

"Aha! Vi aŭdacis instigi viajn sklavojn buĉi la sanktan bovon por manĝi! Ni kune iru al Lia Prefekta Moŝto!"

La bienulo kun ruĝiĝintaj okuloj insultadis la sklavojn: "Kian kuraĝon vi havas! Vi aŭdacas eĉ buĉi la sanktan bovon de Lia Prefekta Moŝto! Ĉu vi volas ribeli?" Poste li sin turnis al Agu Dumba kun ŝajnigita rido:

"Pro la Budho, mi donos al vi tri bovojn kiel kompenson."

"Nur tri? Eĉ tricent ne sufiĉos!"

Havante nenian rimedon, la bienulo malice respondis:

"La afero fakte min ne koncernas. Tiu, kiu buĉis la bovon, devas kompensi per sia vivo. La krimuloj estas ĉi tie. Mortigu ilin aŭ faru alie laŭ via plaĉo."

"Kiu respondecas pri tio, se ne vi?"

"Pri la krimo de bubalo tigro ne havas respondecon!"

Ili disputadis kaj fine interkonsentis, ke la bienulo donu dek bovojn kiel kompenson, kaj krome li devas doni la koncernajn sklavojn sub la dispono de Agu Dumba. Agu Dumba ŝajnigis sin nevolonta konsenti, plue insultis, sed fine foriris kun la du sklavoj kaj dek bovoj.

Elirinte el la vilaĝo, Agu Dumba diris al la du sklavoj:

"Tiuj dek bovoj nun apartenas al vi. Forkuru tuj, ĉiu kun kvin bovoj."

La teruritaj sklavoj ne komprenis, kion Agu Dumba volas fari.

"De nun, vi ne plu estos sklavoj, sed liberuloj"

Nur tiam ili komprenis la vortojn de Agu Dumba kaj, dankinte lin, foriris kun siaj bovoj.

신성한 소를 도살하기

어느 날, 아구 둠바는 어느 마을을 지나가다가 밭에서 힘겹게 일하는 **빼빼**한 사내 둘을 보았습니다. 그들은 이미 숨을 쉬기도 힘들 정도로 지쳐 있었지만, 정오가 다 되어가도록 잠시도 쉬지 않고, 끼니조차 챙기지 않고 있었습니다. 이 모습을 본 아구 둠바는 큰 충격을 받았습니다.

그들을 불러 사연을 캐물은 끝에, 사내들은 그 마을 지주의 하인이었으며, 하루 한 끼만 허락받은 채 소처럼 일해야 한다는 사실을 알게 되었습니다. 아구 둠바는 크게 분노하였고, 그날 밤 그 마을에 머물기로 결심했습니다.

저녁이 되자 아구 둠바는 지주의 가축 떼 중에서 황소 한 마리를 몰래 훔쳐 귀에 비단 천을 걸고는, 그 소를 데리고 지주의 집으로 향했습니다. 그리고 자신이 태수의 수석 하인이라고 소개하며, 이 신성한 황소를 사원으로 모시는 길이라고 하룻밤 묵어가겠다고 말했습니다.

지주는 처음엔 반신반의했지만, 소의 귀에 비단이 걸려 있는 것을 보고는 그 말을 곧이곧대로 믿고 정중히 맞이했습니다. 잠자리에 들기 전, 아구 둠바는 지주에게 엄중히 경고했습니다.

"이 신성한 황소를 안전한 곳으로 안내해주세요. 만약 무슨 일이 생긴다면 은 천 냥이라도 보상할 수 없을 것입니다!"

그리고는 덧붙여 말했습니다.

"단 하룻밤만이라도 이 신성한 황소가 무사히 머물 수 있다면, 은화 삼십 냥을 지불할 용의가 있습니다."

은화 삼십 냥이라는 말에 지주는 얼굴이 찢어질 듯 웃으며 말했습니다.

"걱정 마십시오! 제 방에는 쥐새끼 한 마리도 못 들어옵니다."

지주는 직접 손에 기름등불을 들고, 아구 둠바와 함께 '신성한 황소'를 조심스럽게 빈방으로 안내했습니다.

한밤중, 지주가 잠에 깊이 빠진 사이, 아구 둠바는 살금살금 일어나 신성한 황소가 있는 방으로 들어갔습니다. 그리고 밧줄을 꺼내 소의 목을 졸라 죽인 뒤, 여러 조각으로 해체했습니다. 그러고는 허벅지 하나를 잘라 하인들이 자고 있는 마구간으로 던졌고, 그들의 입술과 손에 소의 피를 묻힌 후 조용히 자기 방으로 돌아가 잠을 청했습니다.

이튿날 이른 아침, 아구 둠바는 소가 있던 방으로 가서 통곡하듯 외쳤습니다.

"이런, 이게 무슨 변고란 말인가! 신성한 황소가 도살당했구나!"

놀란 지주가 달려왔는데, 피비린내와 잔혹한 현장을 목격하고는 말문이 막혀 버렸습니다. 아구 둠바는 지주의 멱살을 잡고 소리쳤습니다.

"분명 쥐새끼 한 마리도 못 들어온다 하지 않았소? 그런데 이게 어찌된 일이오!"

아구 둠바는 지주를 끌고 핏자국을 따라갔고, 마침내 마구간에서 소의 허벅지와 하인들을 발견했습니다. 그들의 손과 입에는 소의 피가 선명히 묻어 있었습니다. 그래서 화를 벌컥 내며 소리쳤습니다.

"봐라! 하인들에게 신성한 황소를 잡아먹으라 부추긴 게 틀림없다! 함께 태수에게 갑시다."

지주는 얼굴이 붉게 달아오른 채 하인들을 꾸짖었습니다.

"이런 못된 놈들! 어떻게 태수님의 신성한 소를 죽일 수 있느냐! 감히 역모라도 꾸미는 것이냐!"

그러고는 억지웃음을 지으며 아구 둠바에게 말했습니다.

"부처님의 자비를 빌며, 제가 소 세 마리로 보상하겠습니다."

"세 마리라고요? 삼백 마리를 준다 해도 모자랍니다!"

선택의 여지가 없자 지주는 악의적으로 이렇게 대답했습니다.

"이건 정말 제가 상관할 바가 아닙니다. 소를 죽인 자는 목숨으로 속죄해야 합니다. 범죄자들이 여기 있으니, 죽이든 말든 마음대로 하십시오."

"당신이 아니라면 이 일의 책임은 누구에게 있나요?"

"호랑이는 들소의 범죄에 책임이 없습니다!"

둘은 논쟁 끝에, 결국 지주가 소 열 마리를 보상으로 주고, 문제의 하인 두 명도 아구 둠바의 손에 맡기기로 했습니다. 아구 둠바는 마지못해 받아들이는 척하면서도 여전히 욕을 퍼붓고 마침내 하인 두 명과 소 열 마리를 데리고 떠났습니다.

마을을 떠날 무렵, 아구 둠바는 하인들에게 말했습니다.

"이제부터 이 열 마리 소는 너희 것이다. 각자 다섯 마리씩 나눠 가지고, 지금 당장 도망쳐라."

놀란 하인들은 아구 둠바가 무슨 일을 하려고 하는지 이해하지 못했습니다.

"너희는 이제 하인이 아니다. 진정한 자유인이다."

그제서야 두 사람은 그 뜻을 알아차리고 눈물을 글썽이며 감사한 뒤, 소를 데리고 떠났습니다.

Veti

Printempe la glacio kaj neĝo degelis. Herbetoj ekverdis kaj faris novan veston al la stepo. La paŝtistoj fariĝis pli kaj pli okupitaj. Aperis grego kaj grego da gruntbovoj, ĉevaloj kaj ŝafoj sur la stepo.

En tiu sezono la brutposedanto fariĝis ankoraŭ pli libera, senfara, kun stomako plena, korpo graseta. Ĉiutage li ĉasis plezuron en ŝakado kaj babilado kun la ekonomo.

Iutage la brutposedanto ŝakludis kun sia ekonomo en la tendo. Subite homo, kun ĉapelo sur la kapo, venis de malproksime. La ekonomo milde ektiris al la brutposedanto la manikon kaj diris:

"Jen venas Agu Dumba."

Aŭdinte tiun nomon la brutposedanto tuj flamiĝis de malamo, ĉar li neniel povis forgesi la okazintaĵon en la lasta vintro: Li venis al la paŝtistoj por monkolekti, sed neniu volis pagi. Ili sin montris tute aliaj ol antaŭe. Sinteno obstina, lango sprita. Ili aŭ sukcesis prokrasti la pagon aŭ simple rifuzis. Li tiam tute ne komprenis la kialon, sed poste sciiĝis, ke tion kaŭzis Agu Dumba.

Hodiaŭ tiu Agu Dumba mem venis tien. La brutposedanto sidis kvazaŭ sur pingloj. Li skizis planon en la kapo por plej bone "regali" lin. "Per lazo kaptu galopan ĉevalon; per fremda mano batu malamikon." Li okule signis al la ekonomo kaj tiu ĉi tuj vokis Agu Dumba en la tendon.

"Bonvolu sidiĝi, Agu Dumba," petis la brutposedanto kun ŝajnigita rideto sur la vizaĝo.

Agu Dumba senĝene sidiĝis ĉe la forno. Subtenante la mentonon per sia pugno, li fikse rigardis la brutposedanton per duonfermitaj okuloj kaj demandis:

"Via Moŝto, kion vi volas instrui al mi?"

"Ej, ej! Hodiaŭ mi invitas vin ĉi tien por veti kun vi."

"Bone! Je kio vi volas veti?"

"Ĉiuj aliaj diris, ke vi estas kuraĝa kaj ankaŭ atentema, Se vi kuraĝos tranokti en la Ferbastona Templo unu fojon, mi vetperdos al vi du gruntbovojn."

"Tranokti en la Ferbastona Templo'" Meditinte momenton, Agu Dumba ridete stariĝis. "Nu, estu tiel decidite!"

"Bone, dirite, farite!" ruze ridis la brutposedanto kaj akompanis Agu Dumba el la tendo.

Kiam Agu Dumba foriris, la brutposedanto kaj lia ekonomo eksplodis per rido. Ĉiuj sciis, ke la lamaoj de la Ferbastona Templo estas tre batalemaj. Se iu enirus la templon ekster ritaj tagoj, li certe ricevus fortan bastonadon. Kompreneble ankaŭ Agu Dumba ne povos tion eviti, se li eniros. La brutposedanto decidis iri tien en la sekva mateno por vidi, kia estas la sekvo.

Agu Dumba iris kantante al la Ferbastona Templo. Atinginte la templon, li parade sin trudis internen. Renkonte venis la Ferbastona Lamao, la plej perfortema el la lamaoj en la templo. Vidinte nekonaton eniri, la lamao tuj levis feran bastonon kaj kriis:

"Haltu! Por kio vi venis ĉi tien? Ĉu vi ne scias, ke hodiaŭ ne estas tago por incensado?"

Agu Dumba faris gravan mienon: "Mi venis laŭ ordono de mia mastro por informi vian ĉeflamaon pri iu grava afero."

"Kia afero? Diru al mi!"

"Nu, bone. Mia mastro faris voton al la Budho lastjare, kaj ĉi-jare li vere ricevis bonegan rikolton. Li sendis min ĉi tien por informi vin, ke morgaŭ li ekspedos al vi tridek gruntbovojn dediĉitajn al la Budho."

"Tri dekojn da gruntbovoj!" ridis de ĝojo la

lamao.

"Jes!" daŭrigis Agu Dumba, teksante belan rakonton, ke lia mastro estas riĉega kaj tiel pia, ke li intencas donaci ankaŭ monon por riparo de la templo. La diro ankoraŭ pli ĝojigis la lamaon, kiu ĝentile akceptis Agu Dumba, regalis lin per la plej bona buterteo kaj kondukis lin en la plej bonan ĉambron por tranokti.

La sekvan frumatenon, kiam estis ankoraŭ mallume, Agu Dumba jam ellitiĝis. Tiam ĉiuj lamaoj ankoraŭ trankvile ronkis. Li ŝtele malfermis la pordon de la templo kaj foriris kun tri pakoj da teo.

Survoje li baldaŭ renkontis la brutposedanton, kiu venis tien por rigardi la rezulton de sia ruzaĵo. La brutposedanto vidis, ke Agu Dumba gaje revenas kun tri pakoj da teo surdorse. Li tre miris kaj demandis envie:

"De kie vi akiris tiujn pakojn?"

"Donacis la Ferbastona Templo."

"Ĉu vere?" haste demandis la brutposedanto. "Ĉu ankaŭ mi povas ricevi donacon? Kiel vi opinias?"

"Certe! Hodiaŭ estas bazartago ĉe la templo. La ĉeflamao amas aŭskulti popolkanton. Li donacas teopakon al ĉiu, kiu kantas. Vidu, mi kantis nur tri kantojn kaj ricevis tiom, ke mi nun devas ŝvitegi pro la ŝarĝo."

"Ha, ha! Mi povoscias multajn popolkantojn!" La brutposedanto volis tuj iri per azeno.

"Momenton!" Agu Dumba baris al li la vojon kaj daŭrigis: "La templo almozdonas nur al malriĉuloj. Vi rajdas sur azeno, surhavas peltaĵon. Ili certe forpelos vin."

"Kion fari?" malpacienciĝis la brutposedanto. Rimarkinte, ke Agu Dumba portas nur feltan cifonaĵon, li tuj petis:

"Ni interŝanĝu niajn vestojn, ĉu bone?"

"Ne, ne. La feltaĵon mia paĉjo heredis de la avo. Tre varmiga."

"Akirinte teopakon, mi tuj redonos al vi," petegis la brutposedanto.

"Nu bone, bone," konsentis Agu Dumba kun mieno de ŝajnigita grandanimeco. "Mi atendos tie ĉi. Nur revenu kiel eble plej rapide!"

La brutposedanto kapjesadis, rapide alivestis sin per la feltcifonaĵo, konfidis sian azenon al Agu Dumba kaj hastis al la Ferbastona Templo.

Ĵus tagiĝis, kiam li, spiregante, atingis la templon. Li tuj kantis el la tuta gorĝo. Ĉiuj lamaoj vekiĝis de la kantado. La Ferbastona Lamao eliris kun aliaj lamaoj. Jen faŭkas la templa pordo, el la teopakoj mankas tri, tiom pli, kantaĉas freneza ĉifonulo! La Ferbastona Lamao furioziĝis kaj sin ĵetis kun fera bastono al la brutposedanto.

"Mi pistos cin, trompisto!"

Ankaŭ la aliaj lamaoj svarme sin ĵetis al la brutposedanto. Ili draŝis lin tiom, ke li baniĝis en sango.

Agu Dumba, vestita per la riĉula peltaĵo, hejmen pelis la azenon ŝarĝitan per la tri teopakoj. Li diris al aliaj survoje:

"Morgaŭ mi iros al la brutposedanto por du vetgajnitaj gruntbovoj."

내기

봄이 오자 얼음과 눈이 녹았습니다. 싱그러운 풀이 솟아났고, 대초원은 연초록 새 옷으로 갈아입었습니다. 양치기들은 점점 더 바빠졌습니다. 들판엔 말과 양, 황소 떼들이 자유롭게 풀을 뜯고 있습니다. 이런 계절에 소 주인의 일상은 오히려 더 한가로워졌습니다. 넉넉한 배를 두드리며 하루 종일 체스를 두고, 집사랑 시덥잖은 이야기를 하며 유유자적한 시간을 보냈습니다.

어느 날, 소 주인은 텐트 안에서 집사와 체스를 두고 있었습니다. 그때, 저 멀리서 모자를 푹 눌러쓴 남자가 다가왔습니다. 집사가 주인의 소매를 살짝 끌어당기며 낮은 목소리로 속삭였습니다.

"아구 둠바가 오고 있습니다."

그 이름이 들리자마자 소 주인의 얼굴은 분노로 일그러졌습니다. 지난겨울 있었던 일을 결코 잊을 수 없었기 때문입니다. 소 주인이 양치기들에게 돈을 받으러 갔지만, 아무도 돈을 내려고 하지 않았습니다. 그들은 이전과 완전히 다른 모습을 보여주었습니다. 고분고분하던 태도는 온데간데없고, 그럴싸한 말로 내는 것을 미루거나 아예 거절하기까지 했습니다. 당시에는 그 이유를 몰랐지만, 결국 그 배후에 아구 둠바가 있다는 것을 알게 되었습니다.

그리고 오늘, 그 아구 둠바가 직접 눈앞에 나타난 것입니다.

소 주인은 바늘 방석에 앉은 듯 불편했습니다. 아구 둠바를 가장 잘 '대접' 하기 위한 계획을 머릿속으로 그렸습니다. "올가미로 질주하는 말을 잡고, 모르는 사람의 손으로 적을 공격하라." 집사에게 은밀히 신호를 보내 아구 둠바를 텐트 안으로 불러들였습니다.

"어서 오게, 아구 둠바." 소 주인은 억지로 웃음을 지으며 말했다.

아구 둠바는 조용히 난로 옆에 앉아, 주먹으로 턱을 괴고 반쯤 감은 눈으로 소 주인을 바라보며 물었습니다.

"어르신, 저에게 무슨 지혜를 나누어 주시렵니까?"

"헤헤, 오늘은 내기를 하나 해보자고."

"좋습니다. 무엇을 걸고 내기하시겠습니까?"

"다들 너를 용감하고 사려깊다고 하더군. 만약 네가 오늘 밤, 그 유명한 철장사 절에서 하룻밤을 보낼 수 있다면… 내가 황소 두 마리를 걸겠네!"

'철장사 절에서 하룻밤을 보내기' 라고 아구 둠바는 잠시 생각하더니, 미소를 머금은 채 자리에서 일어섰습니다.

"좋습니다. 그렇게 해 보겠습니다."

"그래! 말했으니 해야지!" 소 주인은 교활하게 웃으며 함께 텐트 밖으로 나왔습니다.

아구 둠바가 떠나자, 소 주인과 집사는 참지 못하고 웃음을 터뜨렸습니다. 철장사의 스님들이 얼마나 거칠고 성깔 있는지 모두가 알고 있었기 때문입니다. 정해진 의식일이 아닌 날, 외부인이 사원에 들어가면 무자비한 매질을 당하는 것이 다반사였죠. 물론 아구 둠바가 들어온다면 이것도 피할 수 없을 것입니다. 소 주인은 다음날 아침 그곳으로 가서 그 일이 어떻게 되었는지

보기로 했습니다.

아구 둠바는 노래를 흥얼거리며 철장사 사원으로 향했습니다. 사원에 도착해서 어그적거리며 안으로 들어갔습니다. 철장사에서 가장 성깔이 사나운 철장 스님이 나타났습니다. 낯선 이의 등장에 스님은 철제 지팡이를 휘두르며 호통쳤습니다.

"멈춰라! 여기가 어디라고 함부로 들어오느냐? 오늘은 향을 피우는 날이 아니란 걸 모르느냐!"

아구 둠바는 진지한 얼굴로 대답했습니다.

"스승님의 명을 받아, 최고 스님께 중요한 전갈을 전하러 왔습니다."

"무슨 전갈이냐? 어서 말해보거라!"

"예… 알겠습니다. 제 스승께서 작년에 부처님께 풍년을 서원하셨는데, 올해 그 소원이 이루어졌습니다. 그래서 내일 황소 서른 마리를 부처님께 공양드릴 것이라 하셨습니다."

"황소 서른 마리라!" 스님은 기뻐서 눈이 휘둥그레졌습니다.

게다가 아구 둠바는 자신의 스승이 매우 부유하고 독실한 분으로, 사원 수리를 위해 금전적 후원도 아끼지 않을 거라며 감탄할 만한 거짓말들을 덧붙였습니다. 스님은 기뻐하여 아구 둠바를 귀빈처럼 맞이하며 하룻밤을 묵도록 가장 좋은 방과 버터차를 내주었습니다.

다음 날 새벽, 스님들이 아직 고요히 잠들어 있을 무렵, 아구 둠바는 조용히 일어나 사원의 문을 열고 차 세 봉지를 짊어진 채 밖으로 나왔습니다.

도중에 교활한 자기 계획이 어떤 결과가 나왔는지 보려고 오는 소 주인을 만났습니다. 아구 둠바가 즐겁게 돌아오는 모습을 본 소 주인은 깜짝 놀라며 물었습니다.

"등에 진 저건 뭐요?"

"철장사에서 받은 선물입니다."

"정말이오? 나도 선물을 받을 수 있을까? 어떻게 생각하오?" 서두르며 소주인이 물었습니다.

"물론이지요! 오늘은 사원의 장날입니다. 최고 스님은 민요를 좋아하셔서 노래 부르는 사람마다 차를 나눠주시거든요. 보세요, 저는 세 곡 불렀을 뿐인데 이렇게 한아름 받아 무거워서 땀을 뻘뻘 흘리고 있답니다."

"허허, 나는 민요를 수십 곡은 알고 있지!" 소 주인은 당장 당나귀에 올라타 가려고 했습니다.

"잠깐만요!" 아구 둠바가 길을 막았습니다. "사원은 가난한 사람들에게만 자비를 베풉니다. 어르신이 모피 코트를 입고 당나귀까지 타고 간다면 분명 쫓겨날 겁니다."

"그럼 어쩌지?" 소 주인은 당황했습니다.

아구 둠바가 아주 낡은 천으로 된 옷을 걸친 걸 알아차리고 소 주인은 부탁했습니다.

"그럼 우리 옷을 바꿔 입자. 괜찮지?"

"안됩니다. 정말 안되요. 이 천은 아버지가 할아버지로부터 물려받은 소중한 건데… 아주 따뜻하거든요."

"차 한 봉지만 받고 오면 바로 돌려 줄게."

소 주인이 간청했습니다.

"그럼, 좋습니다." 아구 둠바는 마음씨가 넓은 척하며 그렇게 하기로 동의했습니다. "저는 여기서 기다리겠습니다. 가능한 한 빨리 돌아오십시오!"

소 주인은 고개를 끄덕이고 재빨리 낡은 펠트 천을 몸에 두르고, 당나귀를 아구 둠바에게 맡기고 철장사로 서둘러 갔습니다.

아직 어둠이 깔린 새벽, 소 주인은 숨을 몰아쉬며 사원 문 앞에서 큰 소리로 민요를 부르기 시작했습니다. 노래 소리 때문에 스님들이 모두 깨어났습니다. 철장 스님은 다른 스님들과 함께 밖으로 나왔습니다.

여기 사원의 문이 열려 있고, 차 봉지가 3개 없어졌고, 나아가 미친 거렁뱅이가 와서 돼지 멱따는 노래를 부르고 있었습니다. 철장 스님은 격노하여 소 주인에게 철막대기를 던졌습니다.

"내가 널 부셔버리겠다. 이 사기꾼아."

스님들도 무리를 지어 소 주인에게 달려든 뒤 피투성이가 되도록 때렸습니다.

한편, 아구 둠바는 모피 코트를 입고 당나귀에 차 봉지 세 개를 싣고 유유히 돌아가며, 지나가는 사람들에게 이렇게 말했습니다.

"내일은 내기에서 이겨 받은 황소 두 마리를 받으러 소 주인을 찾아갈 참입니다."

Avidema Komercisto

Foje estis iu granda komercisto tre avidema kaj insidema. Li ofte vendis strasojn en la bazaro de Lasao por troprofito. Informite pri tio, Agu Dumba tre indignis kaj decidis doni al li severan punon.

Iun tagon Agu Dumba iris kun argila poto en la mano al la vojo, kiun la profitema komercisto kutimis laŭiri por viziti Lasaon. Li fosis kavon en la herboriĉa deklivo apud la vojo, bruligis en ĝi sekan bovfekaĵon kaj surmetis la poton kun akvo kaj teo. Baldaŭ la teo ekbolis. Poste li forprenis la poton, metis sur la fajron maldikan ŝtonplaton kaj kovris la ĉirkaŭan randon per tero. Post tio li metis la poton sur la mezon de la ŝtonplato kaj lasis la teon daŭre boli. Ĉio estis en ordo. Li sidis apude, manĝis zanbaon kaj trinkis teon.

Ĝuste tiam la granda komercisto venis rajdante. Li vidis, ke iu trinkas teon apud la vojo. Ŝajnis al li, ke ankaŭ li malsatas kaj soifas. Li do deĉevaliĝis kaj iris al Agu Dumba. Vidinte lin alveni, Agu Dumba tuj stariĝis por saluti:

"Bonan matenon, estimata gasto. Bonvolu veni ĉi

tien, trinki teon kaj iom ripozi!"

La komercisto alproksimiĝis kaj, verŝonte teon, tute surpriziĝis. Li vidis nenian fajron, sed la teo en la poto membolis.

"Kio tio estas? Kie vi aĉetis tiun poton?" li mire demandis.

"Kio? Pri kio vi demandis ?" Agu Dumba ŝajnigis sin ne kompreni.

"Mi demandas pri tiu poto. Kial la teo bolas en ĝi sen ajna fajro? Kie vi ĝin aĉetis? Vendu ĝin al mi! Mi aĉetos ĝin eĉ kontraŭ alta prezo."

"Tio ĉi estas magia poto, nenie aĉetebla! Ne subtaksu ĝin. Ĝi estas ja trezoro de mia familio jam de multaj generacioj."

"Frato, ĉu vere oni povas boligi teon en tiu poto sen fari fajron?"

"Certe. Se ne, kiel ĝi povus esti trezora heredaĵo?"

"Vendu ĝin al mi! Mi pagos 50 uncojn da arĝento."

"Ne ŝercu! Tiu ĉi magia poto estas trezoro de mia familio. Neniel mi povus ĝin forvendi!"

"Ne rifuzu! Mi aldonos ĉiujn varojn ĉitieajn. Ĉu ankoraŭ ne sufiĉas?"

"Ne ĝenu min! Jam ne frue. Mi devas tri."

"Nu, mi aldonos ankaŭ ĉi tiun plej amatan

ĉevalon. Konsentite?"

Eĉ ne lasante al Agu Dumba malfermi la buŝon, li metis siajn arĝenton, varojn kaj ĉevalon antaŭ Agu Dumba kaj tuj foriris kun la "magia poto".

La komercisto iris sufiĉe malproksimen, Agu Dumba kriis:

"Ho hoj! Momenton! Memoru, antaŭ ol ĝin uzi, vi devas diri la magian formulon *mali* kaj per bastono ĝin frapi trifoje. Alie ĝi ne povas boligi teon. Se la teo ankoraŭ ne bolas, ankoraŭ iom frapu. Vi tamen nepre devas esti pia..."

La avidema komercisto pensis, ke jam venis al li bonŝanco por parvenuiĝi. Li rapidis al Lasao por vendi la poton sur la plej homplena strato. Li laŭte kriis: "Magia poto, magia poto! Aĉetu la magian poton, per kiu oni povas boligi teon sen hejtaĵo?"

Momente homoj alsvarmis ĉirkaŭ li por rigardi la kuriozaĵon. La rigardantoj pli kaj pli multiĝis, kaj la komercisto tre ĝojis. Li sidiĝis sur la tero, krucinte la krurojn, kaj metis antaŭ si la argilan poton. Li litaniis la formulon *mali*. Post tio li frapetis la poton trifoje per bastono. Li atendis momenton — la teo ne bolis, li ree frapetis trifoje — la teo ankoraŭ ne bolis. Tiam la rigardantoj ekbruis, kaj li malaplombiĝis.

"Ne ridu, sinjoroj! Eble mi frapis tro malforte," li

diris kaj forte batis la poton per la bastono. Krak! la "magia poto" disrompiĝis kaj la akvo kun la tefolioj elfluis. La ĉirkaŭantoj ekridis, ridegis kaj disiris, lasante la avideman komerciston en embaraso. Nur post longa tempo li ekkonsciis la trompiĝon. Li do rapidis serĉi Agu Dumba.

Disdoninte la ĉevalon, arĝenton kaj varojn al malriĉuloj, ankaŭ Agu Dumba venis al Lasao. Vidante la komerciston veni rekte al li, li sinturnis al la templo Gandan. Tiam en la Budha halo la lamaoj laŭtlegis sutron. Iliaj botoj estis ekster la pordo. Agu Dumba elingigis sian tranĉilon kaj ŝajnigis, ke li detranĉas botkalkanumon. Vidinte de malproksime, ke Agu Dumba eniras la templon, la komercisto alkuris tien. Proksimiĝinte, li vidis, ke Agu Dumba fervore laboras super detranĉado de botkalkanumo.

"Fi! Kian magian poton vi vendis al mi! Tuj redonu miajn varojn, arĝenton kaj ĉevalon. Ne kredu, ke mi vin ne trovos!" li diris spiregante de kolero.

"Kio okazis ai la magia poto? Ja vi mem devigis min vendi ĝin! Se vi volas repreni la varojn, arĝenton kaj la ĉevalon, redonu mian magian poton!"

Aŭdinte tion, la komercisto pensis, ke Agu

Dumba ne estas facile traktebla kaj krome havas plenan motivon. Tial li ŝanĝis sian tonon kaj diris:

"La magian poton mi jam disrompis pro neatento. Ĉion mi donas al vi kiel kompenson, sed la ĉevalon vi devas redoni al mi, ĉar ĝi estas mia koro."

"Via ĉevalo estas en mia hejmo."

"Nu bone, ni iru kune!"

"Sed nun mi havas gravan aferon. Vidu, mi devas detranĉi botkalkanumon. La taskon donis al mi la ĉeflamao. Se mi forlasos sen permeso la okupon, mi ricevos punon."

"Nu, iru konduki la ĉevalon, kaj mi detranĉos anstataŭ vi."

La komercisto elprenis sian tranĉilon kaj komencis detranĉi kalkanumon, dum Agu Dumba jam sin pafis for.

La lamaoj finis sian sutrolegadon kaj eliris el la Budha halo. Rimarkinte, ke ĉiuj botoj jam senkalkanumiĝis, ili kolere sin ĵetis al la komercisto kaj ĝissate lin batis.

"Kiu instigis vin tion fari?"

"Agu Dumba diris, ke mi faru tion pro ordono de la ĉeflamao. Li foriris por konduki ĉevalon."

"Mensogo! La Budho vin ne indulgos!" ili kriis kaj elpelis lin el la templo per batoj kaj puŝoj.

탐욕스러운 장사꾼

옛날 옛적, 매우 욕심 많고 꾀 많은 장사꾼이 있었습니다. 이 장사꾼은 자주 라싸 장터에 나가 반짝이는 돌을 팔아 큰 이익을 챙기곤 했습니다. 이러한 사실을 알게 된 아구 둠바는 크게 화가 났고, 결국 이 장사꾼에게 따끔한 교훈을 주기로 결심하였습니다.

어느 날, 아구 둠바는 토기 항아리를 손에 들고 욕심많은 장사꾼이 라싸로 갈 때 자주 오가는 길가로 나아갔습니다. 풀밭이 무성한 비탈길 옆에 구덩이를 파고 그 안에 마른 소똥을 넣어 불을 지폈습니다. 불 위에 항아리를 올려놓고 안에는 물과 차잎을 담았습니다. 얼마 지나지 않아 차가 끓기 시작했습니다. 그러자 항아리를 들어 올린 뒤 불 위에 얇은 돌판을 올리고 가장자리를 흙으로 덮은 뒤, 그 가운데에 항아리를 다시 놓고 계속 차를 끓였습니다. 모든 게 순서대로 잘 되자 아구 둠바는 근처에 앉아 보리과자를 먹으며 차를 마셨습니다.

그때, 말을 탄 장사꾼이 길을 지나가다가 이 광경을 보게 되었습니다. 배가 고프고 목이 마르던 장사꾼은 말에서 내려 아구 둠바에게 다가갔습니다. 아구 둠바는 반갑게 일어나 인사를 건넸습니다.

"안녕하시오. 이리 와서 차 한 잔 하며 쉬어 가시오."

장사꾼은 항아리 속에서 차가 끓고 있는 모습을 보고 눈이 휘둥그레졌습니다. 불도, 연기도 보이지 않았지만 차는 분명히 끓고 있었습니다.

"이보시오, 저 항아리는 어디서 난 것이오? 이게 어찌된 일이오?"

"무슨 말씀을 하시는지 잘 모르겠소만…" 아구 둠바는 시치미를 뗐습니다.

"저 항아리 말이오! 불도 피우지 않았는데 물이 끓고 있잖소. 어디서 났소? 제발 나한테 파시오. 돈은 얼마든지 드리리다!"

"이건 보통 항아리가 아니오. 마법이 깃든 것이오. 우리 집안 대대로 내려오는 귀중한 보물이니 함부로 팔 수는 없소."

"이보시오, 불을 피우지 않고도 그 항아리로 차를 끓일 수 있나요?"

"그렇소, 그렇지 않다면 그게 어떻게 대대로 내려오는 보물이겠소."

"내게 파시오. 은화 쉰 닢을 드리리다."

"어림도 없소. 몇 대를 이어온 우리 가문의 보물을 그렇게 값싸게 넘길 수는 없지요."

"거절하지 마시오. 이 가죽 주머니에 있는 모든 것을 드리리다. 아직 충분하지 않나요?"

"성가시게 하지 마시오! 서두르지 말아요. 가봐야 하거든요."

"그럼, 가장 아끼는 이 말까지 드리겠소!"

장사꾼은 아구 둠바가 말도 꺼내기 전에 자신의 물건과 돈, 그리고 말까지 내놓았습니다. 그리고 마법의 항아리를 들고 황급히 떠났습니다.

장사꾼이 멀리 떠난 뒤, 아구 둠바는 크게 외쳤습니다.

"잠깐이오! 잊지 마시오. 사용하기 전에 '말리'라는 주문을 외우고, 막대기로 항아리를 세 번 두드려야 차가 끓소. 그렇지 않으면 차를 끓일 수 없소. 차가 아직 끓지 않았다면 조금 더 내리쳐 보세요. 정성을 다하지 않으면 아무 일도 일어나지 않소!"

장사꾼은 운이 열렸다고 생각하며 흥분한 채 비싸게 팔려고 라싸로 달려갔습니다. 북적이는 장터에서 큰 소리로 외쳤습니다.

"마법 항아리오! 불 없이도 차를 끓일 수 있는 마법 항아리오!"

구경꾼들이 신기한 것을 보려고 구름떼처럼 몰려들자 장사꾼은 기뻐 의기양양했습니다. 땅에 양반다리로 앉아 항아리를 놓고 '말리'라고 주문을 외운 뒤 막대기로 세 번 두드렸습니다. 그러나 차는 끓지 않았습니다. 다시 세 번 두드렸지만 아무 변화도 없었습니다. 그러자 구경꾼들이 소란을 피우기 시작했고, 장사꾼은 얼굴이 벌게졌습니다.

"웃지 마세요, 여러분! 제가 너무 약하게 쳤나 봅니다." 하고 말하며 막대기로 냄비를 세게 쳤습니다. "쨍그랑" 마술 항아리가 산산이 깨지면서 물과 차잎이 땅으로 쏟아졌고, 구경하던 사람들은 웃음을 터뜨리며 자리를 떠났습니다.

창피함과 당혹감에 휩싸인 장사꾼은 그제야 속았다는 사실을 깨달았습니다. 분노에 휩싸인 채 아구 둠바를 찾아 나섰습니다.

그 사이, 아구 둠바는 받은 말과 은화를 모두 가난한 이웃에게 나누어 준 뒤 다시 라싸로 들어왔습니다. 장사꾼이 그 모습을 보자 재빨리 뒤를 따랐습니다. 아구 둠바는 간단사로 몸을 돌려 불당으로 들어갔습니다. 그곳에서는 스님들이 경전을 읽고 있었고, 전당 밖에는 신발들이 나란히 벗겨져 있었습니다. 아구 둠바는 조심스럽게 칼을 꺼내 신발 뒤축을 자르는 시늉을 하였습니다. 멀리서 아구 둠바가 사원으로 들어가는 것을 보고 장사꾼도 그곳으로 뒤따라 달려갔더니, 아구 둠바가 신발 뒤꿈치를 부지런히 잘라내고 있는 것이 보였습니다.

장사꾼이 다가와 소리쳤습니다.

"이런 망할 사기꾼! 어딜 도망가려는 것이냐? 당장 내 은화와 말, 물건을 돌려놓아라!"

아구 둠바는 태연하게 말했습니다.

"마법 항아리는 어떻게 되었소? 내가 억지로 판 것도 아니고, 스스로 원해서 가져가지 않았소? 항아리를 돌려주면 물건도 돌려주리다."

장사꾼은 그제야 아구 둠바가 만만한 상대가 아님을 깨닫고 말투를 바꾸었습니다.

"내 부주의로 항아리는 이미 깨졌소. 그러니 물건이며 은화는 모두 드리리다. 다만 말만은 돌려주시게. 나에게 가장 소중한 존재라오."

"말은 집에 있소."

"그럼 함께 갑시다."

"지금은 어렵소. 중요한 임무가 있소. 큰스님께서 이 신발들의 뒤축을 다듬으로고 명하셨소. 허락 없이 일을 멈추면 벌을 받게 되오."

"그럼 말을 가지러 가세요, 그 일은 대신 내가 하겠소."

장사꾼은 칼을 들고 신발의 뒤축을 자르기 시작했습니다. 그 사이 아구 둠바는 어느덧 사라져 버렸습니다.

스님들은 경전을 다 읽은 뒤 불당을 나섰습니다. 그런데 현관 앞에 놓인 모든 신발의 굽이 사라진 것을 발견하고 크게 분노하였습니다. 이내 장사꾼에게 달려들어 실컷 주먹과 발길질을 퍼부었습니다.

"누가 이런 짓을 하라고 시켰느냐!"

"아구 둠바가 이 일은 큰스님의 지시에 따른 것이라 하며, 자신은 말에 가지러 갔습니다…"

"거짓을 입에 담았구나! 부처님께서도 이 잘못은 용서하지 않으실 것이다!"

스님들은 장사꾼을 사원 밖으로 거칠게 내쫓았습니다.

Kazaĥaj popolrakontoj : Rakontoj pri Hoĝa Nasar

Hoĝa Nasar kaj la Ĥano

Iun tagon Hoĝa Nasar kverelis kun iu riĉulo. Neniu povis konvinki la alian, tiel ke ili fine venis al la ĥano por peti lian juĝon.

Hoĝa Nasar jam antaŭvidis, ke la riĉulo subaĉetos la ĥanon, kaj tiu ĉi parolos por la riĉulo. Tial li kaŝis ŝtonon en la sino kaj tiel iris al la ĥano. aŭskultinte la pledojn de ambaŭ flankoj, la ĥano jam estis preta verdikti, kiam Hoĝa Nasar ektusis. La ĥano ĵetis al li rigardon, kaj Hoĝa Nasar per pugno montris al li sian sinon. Vidinte la pufan sinon de Hoĝa Nasar, la ĥano supozis, ke Hoĝa Nasar portas al li oron aŭ arĝenton. Li ĝoje pensis: Hoĝa Nasar certe sugestas al mi, ke se mi parolos por li, li donos la tutan oron al mi. Li do serioze deklaris, ke Hoĝa Nasar estas senkulpa. La riĉulo tre malkontentis pro la verdikto kaj kolere foriris.

Post la foriro de la riĉulo, la ĥano kun ruza mieno vokis Hoĝa Nasar al si:

"Ho, frato Hoĝa, mi devigis la riĉulon konfesi sian malvenkon antaŭ vi, vi kredeble estas kontenta pri mi! Nun vi jam devas doni al mi la oron kaŝitan en via sino."

"Via Ĥana Moŝto, mi ja alportis al vi nek oron nek arĝenton. Tio estas nur ŝtono."

Dirante, Hoĝa Nasar elprenis la kaŝitan ŝtonon kaj faligis ĝin antaŭ la ĥano.

"Kion do signifis tio, ke vi montris al via sino per la pugno kaj okulsignis al mi, antaŭ ol mi verdiktis?" malkontente demandis la ĥano.

Hoĝa Nasar aplombe respondis: "Ehe! Via Ĥana Moŝto, per tio mi sugestis al vi, ke vi estu justa, alie mi mortigos vin per la ŝtono."

La ĥano havis nenion por respondi kaj povis nur lasi lin hejmeniri.

카자흐스탄 민화 : 호자 나사르 이야기

호자 나사르와 칸

어느 날 호자 나사르는 한 부자와 말다툼을 벌였습니다. 아무리 말해도 서로의 주장을 꺾지 못하자, 결국 둘은 칸의 판단을 받기로 하였습니다.

호자 나사르는 부자가 이미 뇌물을 준비해 칸의 마음을 사려 할 것임을 미리 짐작하였습니다. 그래서 조심스럽게 돌 하나를 가슴 속에 숨기고, 칸 앞에 나아갔습니다.

양쪽의 말을 다 들은 뒤, 칸은 판결을 내리려 하였습니다. 그때 호자 나사르는 갑자기 기침을 하였고, 칸은 슬며시 호자 나사르를 바라보았습니다. 그러자 호자 나사르는 주먹으로 가슴을 꾹 눌러 보였습니다. 불룩 솟구친 가슴을 본 칸은 그 속에 금이나 은이 들어 있다고 생각하고 흡족해하였습니다.

'저 사람이 저리도 기꺼이 가슴을 두드리는 것을 보니, 자기 편을 들어주면 내게 금을 바치려는 뜻이겠구나.' 칸은 속으로 그렇게 생각하고, 곧 호자 나사르의 손을 들어 주었습니다.

이에 부자는 분노하며 자리에서 벌떡 일어나, 불만 가득한 얼굴로 자리를 떠났습니다.

부자가 사라지자 칸은 교활한 표정으로 호자 나사르를 불렀습니다.

"호자 형제여, 부자의 코를 납작하게 해 주었으니 만족하지? 이제 품에 숨긴 금덩이를 내게 주거라."

그러자 호자 나사르는 태연하게 말하였습니다.

"칸께 아룁니다. 저는 금도 은도 지니고 오지 않았습니다. 품에 숨겼던 것은 다만 이 돌덩이 하나였습니다."

그 말을 마치며 호자 나사르는 조심스레 품을 열어 돌 하나를 꺼내 칸 앞에 내려놓았습니다.

칸은 얼굴빛이 달라지며 언짢은 기색으로 물었습니다.

"그렇다면 아까 주먹으로 가슴을 가리키며 눈짓한 것은 무슨 뜻이었냐?"

호자 나사르는 한 치의 망설임도 없이 대답하였습니다.

"칸께서 정의롭게 판단하시라는 뜻으로 신호를 보낸 것입니다. 만일 바른 판단을 내리지 않으신다면, 이 돌로 단단히 각오하시라는 뜻이기도 하였습니다."

그 말에 칸은 더 이상 할 말을 잃고, 호자 나사르를 조용히 집으로 돌려보낼 수밖에 없었습니다.

Odoro de Manĝaĵo kaj Sono de Mono

Iun tagon, promenante sur strato, Hoĝa Nasar aŭdis bruon el apuda manĝejo. Enirinte kun scivolo, li vidis, ke la grasa mastro batas iun malriĉulon, kies vesto estis disŝirita, sed la senkompata mastro ankoraŭ batadis kaj blasfemadis.

Hoĝa Nasar hasteme aliris por interpacigi ilin. Li tiris flanken la kompatindan malriĉulon kaj demandis la mastron:

"Kial vi lin batas?"

"Mi batas la aĉulon pro tio," kolere respondis la dikulo, "ke li pagis al mi nenion sed jam volas forkuri."

"Kion de vi li manĝis? Kiom li devas pagi al vi?" Hoĝa Nasar plue demandis.

"Enirinte en mian manĝejon," la mastro klarigis kun plena certeco, "li elprenis sian sekan pastaĵon, sed ne manĝis dum longa tempo. Li ĝin manĝis nur tiam, kiam la bonodoro el mia kuirejo penetris en lian pastaĵon. Kompreneble li devas pagi al mi, ĉar tiu bonodoro de mia manĝaĵo ne estas senkosta."

Finaŭskultinte, Hoĝa Nasar diris: "Ho jes! Vi diris prave." Poste, turninte sin al la malriĉulo, li demandis: "Do, klarigu vian motivon!"

"Estas vere," respondis la malriĉulo, "ke mi alvenis al lia manĝejo kaj, sidante sur la sojlo, manĝis mian pastaĵon. Komence mi volis aĉeti pladon, sed, bedaŭrinde, ĉi tie la pladoj estas tro multekostaj, tiel ke mia mono ne sufiĉas. Mi do atendis por almozpeti restaĵon de plado, sed tio vekis nenian kompaton en tiu ĉi avara mastro kaj li donis al mi nenion. Mi povis nur manĝi mian propran. Ĉu pro tio mi devas pagi al li monon?"

Hoĝa Nasar kapjesis kaj diris: "Jes, ankaŭ vi diris prave. Sed ĉu vi havas monon?"

La malriĉulo veis: "Mi havas nur du-tri moneretojn."

"Nu, donu al mi!" la dika mastro diris ĉeflanke. "Ne gravas, ke estas malmulte. Alie vi ne pensu pri foriro." Kaj li etendis la manon por kapti la moneretojn.

"Nu, mastro, ne malpacienciĝu." Hoĝa Nasar lin haltigis. "Iru flanken kaj atendu momenton."

Kiam la dikulo foriris, Hoĝa Nasar interflustris kun la malriĉulo kelkajn vortojn kaj poste prenis de li la moneretojn. Tenante ilin per ambaŭ manoj, li kriis: "Mastro, bonvolu veni." Kredante, ke li certe ricevos multe da mono, la monavida grasulo ĝoje alkuris kaj diris al Hoĝa Nasar: "Dankon! Dankon!" Hoĝa Nasar tenis la moneretojn per ambaŭ manoj, sed post kelkfoja forta svingado de la moneretoj ĉe lia orelo, redonis ilin al la malriĉulo kaj diris: "Ankaŭ vi atendu momenton."

La dika mastro ege malpacienciĝis kaj ekkriis:

"Kion vi volas? Kial vi ne donas al mi la monon?"

"Mi preferas fari aferojn juste," pacience diris Hoĝa Nasar. "Li ne manĝis vian manĝaĵon sed nur flaris la odoron, ĉu ne? Tamen ankaŭ vi aŭdis la sonon de lia mono. Tio estas egalprofito por vi ambaŭ. Tiu odoreto de via manĝaĵo samvaloras kiel la tinteto de tiuj moneroj. Kion vi ankoraŭ volas?"

Kolerega, la dika mastro povis diri nenion krom gapi. La malriĉulo dankeme kaj firme manpremis kun Hoĝa Nasar, kaj ili kune foriris.

음식 냄새와 돈 소리

어느 날, 호자 나사르는 길을 걷다가 한 식당에서 들려오는 소란스러운 소리를 들었습니다. 무슨 일인가 싶어 안으로 들어가 보았더니, 몸집이 큰 식당 주인이 누더기 차림의 가난한 사람을 때리고 있었습니다. 더구나 욕설을 퍼부으며 무자비하게 구타하고 있었습니다.

호자 나사르는 서둘러 다가가 두 사람 사이를 갈라놓고, 가난한 사람을 한쪽으로 데려다 앉혔습니다. 그리고 식당 주인에게 조용히 물었습니다.

"왜 이 사람을 때리고 계십니까?"

주인은 여전히 분이 풀리지 않은 얼굴로 대답하였습니다.

"이 자는 아무것도 사지 않았으면서, 식당에서 나는 냄새를 맡고는 도망치려 하였습니다!"

호자 나사르는 다시 차분히 물었습니다.

"이 사람이 무엇을 드셨습니까? 그리고 얼마를 내야 한다고 생각하십니까?"

주인은 억울하다는 듯 손을 내저으며 말하였습니다.

"이 자가 식당에 들어와 자신의 가방에서 파스타를 꺼냈습니다. 아무 음식도 주문하지 않고, 내 주방에서 풍기는 고기와 향신료 냄새를 맡으며 그 파스타를 먹었습니다. 내 음식 냄새가 공짜라고 생각하십니까? 냄새도 음식의 일부입니다. 당연히 값을 받아야 합니다."

호자 나사르는 고개를 끄덕이며 말하였습니다.

"말씀하시는 바에도 일리가 있군요."

그리고는 가난한 사람에게 돌아서서 부드럽게 물었습니다.

"무슨 사정이 있었습니까?"

가난한 사람은 조심스럽게 대답하였습니다.

"처음에는 식당에서 음식을 하나 사 먹으려 하였습니다. 하지만 음식값이 너무 비싸서 제 돈으로는 부족하였습니다. 혹시 남는 음식이 있을까 구걸하려고 기다려 보았지만, 주인은 아무것도 주지 않았습니다. 그래서 싸 온 파스타를 꺼내 먹으며 주방에서 나는 냄새를 맡았습니다. 그랬다고 돈을 내야 합니까?"

호자 나사르는 가만히 듣고 있다가 다시 물었습니다.

"그래요, 당신 말도 일리가 있습니다. 지금 가진 돈이 얼마입니까?"

가난한 사람은 고개를 숙이며 대답하였습니다.

"겨우 동전 두세 닢뿐입니다."

그 말을 들은 뚱뚱한 식당 주인은 목소리를 높이며 말하였습니다.

"그 돈이라도 내놓으시오! 적든 많든 상관없습니다. 그렇지 않으면 이 자리에서 나갈 생각도 하지 마시오!"

그러자 호자 나사르는 손을 들어 주인을 제지하며 말하였습니다.

"주인장, 너무 성급하게 굴지 마시고, 저쪽에 가서 잠시만 기다려 주시오."

그렇게 말한 뒤, 호자 나사르는 가난한 사람에게 다가가 몇 마디를 속삭였고, 동전을 받아 들었습니다. 그리고는 두 손을 모아 동전을 감싸 쥐고 소리쳤습니다.

"주인장, 이리로 와 주시겠습니까?"

주인은 돈을 받을 생각에 기쁜 얼굴로 다가왔습니다. 호자 나사르는 주인의 귀 가까이에 손을 대고, 동전을 딸랑딸랑 소리 나게 여러 번 흔들었습니다. 그런 다음 다시 그 동전을 가난한 사람에게 돌려주며 말하였습니다.

"됐습니다. 이제 다 치렀습니다."

주인은 어이없다는 듯 소리쳤습니다.

"그게 무슨 말입니까? 왜 돈을 주지 않으십니까?"

호자 나사르는 차분히 대답하였습니다.

"이 사람은 주인의 음식을 먹지 않았습니다. 그저 냄새만 맡았지요. 주인도 돈 소리를 들었습니다. 이 사람은 냄새를 맡았고, 주인은 돈 소리를 들었습니다. 서로 공정하게 주고받았으니, 더 이상 따질 것이 없지 않습니까?"

주인은 더 이상 아무 말도 하지 못하고 그저 바라보기만 하였습니다. 가난한 사람은 호자 나사르에게 깊이 감사 인사를 전하고, 함께 조용히 식당을 떠났습니다.

Rakonto pri Aldil Kusa

Rajdi sur Demono

Foje Aldil Kusa vojaĝis. Survoje li renkontis demonon, kiu petis, ke ili kune iru, akompanante unu la alian. Kusa konsentis. Ili do komencis fari longan kaj malfacilan vojaĝon. Post longa irado ili ambaŭ ege laciĝis. Subite venis al la demono ideo gajni ian avantaĝon super Aldil Kusa.

"Amiko!" diris la demono. "Estas tute lacige kaj tede fari tian longan marŝadon. Kial ni ne rajdu unu sur la alia alterne."

"Bonege! Bonege!" tutkore aprobis Aldil Kusa. "Sed kiu la unua rajdos? Pri tio ni devas bone interkonsiliĝi."

La demono iom pripensis kaj poste respondis: "Ni faru laŭ la kutimo de la kazaĥoj. Pliaĝulo devas esti respektata. Unue la pliaĝa rajdos."

"Bona ideo!" diris Aldil Kusa. "Diru do, kian aĝon vi havas!"

La demono respondis memkontente:

"Kiam mi naskitis,
kosmon mi jam vidis.
Tiam grandis tero nia
ĝuste kiel mano mia"

Aŭdinte tion, Aldil Kusa subite ekploris. Surprizite, la demono demandis:

"He! Kio okazis al vi? Ĉu vin ĉagrenas, ke mi la unua devas rajdi sur vi?"

Nee skuante la kapon, Aldil Kusa ankoraŭ pli funebre ploris.

"Kio do estas al vi? Diru!" admonis la demono.

Aldil Kusa suspiris: "Kiam vi menciis vian naskiĝan tempon, mi tuj ekmemoris mian malĝojan pasintaĵon:

"Kiam vi naskitis,
nupton mi rapidis.
Rajde filon mi kunportis
sed ve! Li survoje mortis."

Parolante, li skuis la kapon kaj sulkigis la frunton, ŝajnigante sin tre malĝoja. La demono lin konsolis, dirante:

"Nu, se estis tiel, bonvolu rajdi sur miaj ŝultroj! Via malfeliĉo ja estas sufiĉe granda."

Aldil Kusa eksaltis kaj rajdis sur la ŝultroj de la demono, dirante:

"Ho, kara akompananto! Vi tre respektas

maljunulon. Ek!"

"Kiel longe vi rajdos ?" demandis la demono.

"Mi kantos, kaj sidados ĝis la kanto finiĝos." Tion dirinte, Aldil Kusa ekkantis: "A-lo-laj! A-lo-laj! ..."

Post longa marŝado la demono ege laciĝis kaj demandis:

"Kiam vi finos tiun 'A-lo-laj'?"

"La kanto 'A-lo-laj' ankoraŭ ne finiĝis. Eĉ kiam ĝi finiĝos, mi ankoraŭ kantos 'A-li-jada'!" respondis Aldil Kusa.

Aldil Kusa senfine kantis "A-lo-laj" dum la demono morte lacis. Poste ĝi elpensis metodon por sin liberigi de li. Kiam ili ripozis ie, ĝi demandis:

"Por ĉiu en la mondo troviĝas io plej timinda — do, kara kunulo, diru al mi, kio estas la plej timinda por vi."

"Ĉu vi demandas, kio estas la plej timinda por mi?" Aldil Kusa respondis, "Ho, jes! Tio estas nenio alia ol ĉevalkolbaso kaj kumiso."

Kiam Aldil Kusa endormiĝis, la demono iris por ĉevalkolbaso kaj kumiso. Reveninte, ĝi metis ilin apud Aldil Kusa kaj pensis, ke vekiĝinte li certe forkuros de teruriĝo.

La sekvan tagon, vekiĝinte, Aldil Kusa vidis antaŭ si la pretajn ĉevalkolbason kaj kumison, sed diris nenion. Li nur manĝis kaj trinkis.

"Ĉu vi ne timas tiujn du aĵojn?" mire demandis la demono.

"Jes," Aldil Kusa respondis ruktante, "ĝuste pro tio, ke mi tre timas ilin, mi devis kiel eble plej rapide ilin dismaĉi kaj engluti, por ke nenio danĝera estiĝu. Nu, ni ekiru!"

Aldil Kusa denove rajdis sur la ŝultroj de la demono, senfine kantadis "A-lo-laj" kaj "A-li-ja-da" kaj satĝuis survoje la belajn pejzaĝojn. Li opiniis, ke la longa vojaĝo estas vere la plej plezura.

알딜 쿠사 이야기

악마를 타고

어느 날, 알딜 쿠사는 먼 길을 떠나는 여행을 하였습니다. 한참을 걷던 중 길가에서 악마를 마주하게 되었고, 악마는 함께 길을 가자며 동행을 제안하였습니다. 알딜 쿠사는 이를 기꺼이 받아들였고, 둘은 함께 길고도 험한 여정을 시작하였습니다.

오래 걸어서 몸과 마음이 지쳐갈 무렵, 악마는 슬며시 꾀를 내어 유리한 위치를 차지하고자 하였습니다.

"친구여," 악마가 입을 열었습니다. "이렇게 먼 길을 걷는 일은 참으로 고되고 지루합니다. 서로 번갈아가며 등에 업혀 가는 것이 어떻겠습니까?"

"훌륭한 생각입니다! 전적으로 찬성합니다," 알딜 쿠사는 기쁘게 화답하였습니다. "다만 누가 먼저 타게 될지에 대해선 서로 잘 상의하는 것이 좋겠습니다."

악마는 잠시 생각에 잠기더니 입을 열었습니다.

"카자흐족의 관습에 따르면, 어른을 공경하는 것이 도리라 하였습니다. 그러니 나이 많은 이가 먼저 타는 것이 옳다고 생각합니다."

"정말 좋은 제안입니다," 알딜 쿠사는 미소를 지으며 물었습니다. "그렇다면 연세가 어떻게 되십니까?"

악마는 자랑스럽게 대답하였습니다.

"세상이 생겨났을 무렵,
눈앞에 우주가 펼쳐졌습니다.
그 뒤로 대지는 점점 넓어졌고,
마침내 내 손만큼 커졌습니다."

이 말을 들은 알딜 쿠사는 갑자기 눈시울을 붉히며 눈물을 흘리기 시작하였습니다. 깜짝 놀란 악마는 재빨리 물었습니다.

"이런! 무슨 일이 일어났습니까? 먼저 업히지 못하게 되어 속상한 것입니까?"

알딜 쿠사는 고개를 저으며 더욱 슬퍼하였습니다.

"그렇다면 대체 왜 우는 것입니까? 솔직히 말씀해 주십시오," 악마가 다그치듯 말하였습니다.

한참을 침묵하던 알딜 쿠사는 깊은 한숨을 내쉬며 입을 열었습니다.

"태어난 시절을 말씀하셨을 때, 잊고 지내던 슬픈 과거가 떠올랐습니다.

당신께서 처음 세상을 본 그 무렵,
나 또한 결혼식을 향해 말을 타고
아들과 함께 빠르게 달렸습니다.
슬프게도, 그 아이는 길에서 죽고 말았습니다."

이야기를 들은 악마는 마음이 짠해졌는지, 목소리를 낮추어 말하였습니다.

"그토록 큰 불행을 겪었다면, 마땅히 이 어깨 위에 올라타셔야 합니다."

알딜 쿠사는 말이 끝나기가 무섭게 악마의 어깨에 올라탔습니다. 그러고는 정중히 고개를 숙이며 말하였습니다.

"친구여, 노인을 존경하는 착한 마음씨를 지녔군요. 이제 다시 출발합시다."

길을 따라 이동하던 중, 악마는 물었습니다.

"얼마 동안 타고 계실 생각입니까?"

알딜 쿠사는 환히 웃으며 대답하였습니다.

"노래를 부르고, 그 노래가 끝날 때까지 앉아 있겠습니다."

이 말을 마치자 곧장 "아로라이! 아로라이!…" 라는 노래가 울려 퍼졌습니다. 노래는 끝날 줄 몰랐고, 악마는 점점 지쳐가기 시작하였습니다.

" '아로라이' 는 언제 끝납니까?" 악마가 힘겹게 물었습니다.

"아직 끝나지 않았습니다. 끝나더라도 '아리야다' 를 이어 부를 예정입니다."

알딜 쿠사는 그렇게 말하고는 다시 노래를 불렀습니다. 끝없는 노래와 무거운 무게에 지친 악마는 꾀를 내어 벗어날 방법을 궁리하기 시작하였습니다. 어딘가에서, 잠시 쉬던 중 악마는 조심스레 물었습니다.

"세상 누구에게나 가장 두려운 것이 하나쯤은 있다고 들었습니다. 그렇다면, 당신께서 가장 무서워하는 것은 무엇입니까?"

알딜 쿠사는 조금도 망설이지 않고 대답하였습니다.

"무서워하는 것이 있다면, 그것은 말고기로 만든 소시지와 쿠미스뿐입니다."

알딜 쿠사가 잠이 들자 악마는 말고기와 쿠미스를 구하러 나갔습니다. 이 두 가지를 곁에 놓아두면, 두려움에 질린 채 도망칠 것이라 생각하였기 때문이었습니다.

다음 날 아침, 알딜 쿠사는 눈을 떠 말고기와 쿠미스를 발견하였지만 놀라지 않았습니다. 아무 말 없이 그것들을 먹고 마셨습니다.

"이것들이 무섭지 않습니까?" 악마는 당황하여 물었습니다.

"정말 두려웠습니다," 알딜 쿠사는 배를 두드리며 트림을 하였습니다. "그래서 얼른 씹어서 삼켰습니다. 천천히 먹었다가는 무슨 일이 생길까 두려웠으니까요. 자, 이제 다시 떠납시다!"

알딜 쿠사는 또다시 악마의 어깨 위에 올라타 '아로라이'와 '아리야다'를 끝없이 불렀습니다. 노래를 부르며 들판의 풍경을 즐겼고, 먼 길 위의 여행은 그렇게 점점 더 즐거워졌습니다.

Jaŭ-nacieca[9] popolrakonto : Rakonto pri Buho

Memvarmiga Kaldrono

Buho tutkore helpis malriĉulojn kaj tute ne atentis, ke li mem ŝuldas al sia bopatro terrenton kaj prunton je procentego. Kiam lia edzino kun maltrankvila vizaĝo atentigis lin pri tio, lia mono jam estis tute disdonita.

"Kion ni faru?" demandis lia edzino.

"Unue helpu ĉiujn aliajn venki malfacilaĵojn. Por ni mem ni serĉu alian elirejon!" respondis Buho.

"Ĉe la jarfino[10] nur monon priparolos kaj postulos mia avara patro. Per kio vi pagos al li?"

"Mi jam diris, ke ni elturniĝos!"

Buho turnis la okulojn al la forno kaj, montrante la iom difektitan kaldronon, diris:

"Ni interŝanĝu kun via patro tiun kaldronon kontraŭ 1500 moneroj."

"Absurde!"

9)   Jaŭ-nacieco: nacimalplimulto en Ĉinio, loĝanta en montregionoj de Guangxi, Hunan, Yunnan, Guangdong kaj Guizhou

10) Jarfino: iam en Ĉinio la tradicia tempo por kolekti ŝuldojn

"Via patro havas multe da maljuste akirita mono, do nenio gravas, se ni iom uzos!"

"Mi ne kredas, ke tiu avarulo aĉetos tiun difektitan kaldronon kontraŭ 1500 moneroj," protestis lia edzino paŭte.

"Ni vidos!"

Iun tagon Buho invitis la bienulo-bopatron. Li diktis al la edzino, ke antaŭ la alveno de sia patro ŝi varmigu la kaldronon ruĝarda kaj metu ĝin en la supran etaĝon. Informite, ke estos bongustaĵoj ĉe lia bofilo, la bienulo alvenis kun granda ĝojo. Sidiginte lin ĉe la tablo, Buho diris al sia edzino:

"Paĉjo malsatas, tuj komencu prepari manĝaĵojn."

Aŭdinte, ke la manĝaĵoj ankoraŭ ne estas pretaj, la bienulo salivis de maltrankviliĝo.

La edzino de Buho iris en la supran etaĝon kun ovoj, kaj aŭdiĝis tintsonado de kaldrono. Post momento ŝi alportis teleron da fritita ovaĵo kaj tuj post tio ankaŭ pladon da antaŭe varmigita porkaĵo. "Kial oni kuiras supre kaj kiel la manĝaĵo povas esti pretigita nur post mia momenta sido?" La bienulo scivolis kaj tuj supreniris por rigardi, kio okazas tie, sen penso pri tio, ĉu la bofilo lasas aŭ ne. La supra ĉambro estis preskaŭ malplena escepte de tio, ke en la mezo estis la difektita kaldrono. Alproksimiĝante al ĝi, li eksentis ĝian varmon. Ŝajnigante sin maltrankvila, Buho diris:

"Tiu ĉi kaldrono estas heredita trezoro de mia familio. Ĝi estas memvarmiga kaldrono. Ĉiu manĝaĵo, ĉu seka ĉu freŝa, tuj kuiriĝas, se nur oni metas ĝin en la kaldronon. Tion mi neniam diris al aliaj, kaj mi esperas, ke ankaŭ vi, bopatro, ne disfamigos ĝin!"

La kalkulema bienulo pensis, ke se la manĝaĵoj memkuiriĝus, li povus multe ŝpari el la pago por brulligno, se ne paroli pri ĉiama parado per ĝi antaŭ aliaj homoj. Li do diris:

"Mia kara bofilo, vendu al mi vian memvarmigan kaldronon!"

"Ne, ne," kapskuante respondis Buho, "mi ne vendos, ni malriĉuloj havas multe da laboroj, sed mankas al ni laborfortoj kaj ni apenaŭ havas tempon por kolekti brullignon."

Paŭtante, lia edzino diris ĉeflanke: "Per kio vi pagos la ĉi-jaran terrenton, se vi ne vendos ĝin?"

Sekvante la vortojn de sia filino, la bienulo haste aldiris:

"Se vi donos al mi la kaldronon, mi liberigos vin de la ĉi-jara terrento kaj krome mi donos 1500 uncojn da arĝento."

Finfine la negoco sukcesis. La bienulo estis tiel ĝoja, ke li jam ne volis manĝi sed tuj hejmeniris, kunportante la kaldronon.

Kiam la bienulo jam estis for je dekoj da paŝoj, Buho ekkriis: "Bopatro," kaj tuj elkuris el la domo. Timante, ke la bofilo ŝanĝis sian decidon, la bienulo tuj ekkuris. Buho malrapide lin postkuris. Nur kiam la bienulo jam kuris pli ol dek liojn kaj jam ege laciĝis, Buho lin kuratingis kaj klarigis:

"Ĉi tiu kaldrono estas efika nur por tia homo, kiun la sorto favoras. Ŝmiru ĝin per lardo kaj pendigu ĝin sur trabo. Vi havos feliĉon ĝin uzi nur post tri tagoj, se ĝi restos senĝanĝa."

La bienulo pensis: Mi, milionulo, kompreneble havas fortunon. Ke mi devas pendigi ĝin tri tagojn, ne gravas. Ne gravas, eĉ se dek tagojn! Laŭ la vortoj de Buho, li priŝmiris la tutan kaldronon per lardo kaj tiel ankaŭ la pendŝnuron. Poste li pendigis la kaldronon sur trabo.

Nokte, muso venis al la trabo, flaris la eksterordinaran odoron de la ŝnuro kaj tuj ĝin ekmordis. Antaŭ ol alvenis la noktomezo, subite aŭdigis bruo "pum". La bienulo hasteme ellitiĝis, rapidis al la salono kaj vidis, ke la "memvarmiga kaldrono" jam dispeciĝis. Li diris ĉagrene:

"Ho ve, do mia sorto estas malbona."

여우족 민화 : 부호 이야기

자가가열 가마솥

부호는 진심으로 가난한 이들을 도왔으며, 장인에게 임대료와 높은 이자로 진 빚을 갚지 못하고 있다는 사실에는 조금도 관심을 두지 않았습니다. 어느 날 아내가 근심 어린 얼굴로 사정을 알렸을 때, 이미 손에 쥐고 있던 돈은 모두 이웃을 위해 나누어 준 뒤였습니다.

"이제 어떻게 해야 합니까?"

아내가 물었습니다.

"먼저 어려움에 처한 이웃을 돕고, 우리를 위한 길은 그다음에 찾아봅시다."

부호는 조용히 말하였습니다.

"때는 연말[11]이라 인색하기로 유명한 우리 아버지는 오직 돈만 이야기하며 요구하십니다. 무슨 수로 갚을 작정입니까?"

아내가 다시 묻자, 부호는 난롯가에 놓인 낡은 가마솥을 바라보며 말하였습니다.

"이 가마솥을 1,500냥 받고 팔아 봅시다."

"말도 안 됩니다."

아내는 고개를 절레절레 흔들었습니다.

"장인은 부정하게 모은 재물이 많으니, 우리가 조금 이용해도 아무 문제가 되지 않겠지요."

"그 인색한 분이 망가진 가마솥을 그 가격에 살 리가 없지

---

11) 중국의 풍습에 따라 채권자들이 빚을 걷으러 다니는 시기.

않습니까?"

"두고 봅시다."

며칠 뒤, 부호는 장인을 집으로 초대하였습니다. 아내에게는 장인이 도착하기 전에 가마솥을 붉게 달궈서 다락방에 올려두라고 당부하였습니다. 맛있는 음식이 기다린다는 말에 장인은 한걸음에 달려왔고, 식탁 앞에 앉자마자 출출함을 감추지 못하였습니다.

"아버님께서 배가 고프시니, 얼른 음식 준비를 하시지요"

부호가 말하자, 아내는 계란을 들고 다락방으로 올라갔습니다. 이윽고 위층에서 가마솥 흔들리는 소리가 났고, 얼마 지나지 않아 계란 프라이가 담긴 접시가 내려왔습니다. 이어서 따뜻한 돼지고기 접시도 식탁 위에 놓였습니다.

장인은 궁금함을 참지 못하고 조용히 위층으로 올라가 보았습니다. 다락방에는 한가운데 낡은 가마솥만이 놓여 있었고, 가까이 가니 뜨거운 기운이 퍼져 나왔습니다.

"이것은 집안 대대로 전해 내려온 자가발열 가마솥입니다. 마른 식자재든 생고기든 이곳에 넣으면 곧바로 익지요. 이 비밀은 누구에게도 말한 적이 없습니다. 장인어른께서도 널리 알리지 않으셨으면 합니다."

부호가 조심스레 말하였습니다.

장인은 속으로 계산을 하였습니다. 이 물건을 손에 넣으면 나무 장작을 살 필요도 없고, 하인들에게 불을 지피게 할 일도 없다고 여긴 것입니다.

"사위, 내게 이 가마솥을 팔게."

"죄송하지만 이 물건은 팔 수 없습니다. 가난한 이웃을 돌보는 일에 여력이 부족한 저희 같은 사람에게는 꼭 필요한 물건입니다."

옆에서 아내는 뾰루퉁한 표정으로 물었습니다.

"그걸 팔지 않으면 어떻게 임대료를 낼 건데요?"

딸의 말에 장인은 급히 이렇게 덧붙였습니다.

"그 가마솥을 주면 올해 임대료를 면제해 주고, 추가로 은화 1,500냥을 주겠네."

마침내 거래가 성사되었습니다. 장인은 기쁨을 감추지 못한 채 먹는 것도 그만두고 서둘러 가마솥을 들고 집으로 향하였습니다.

그 모습을 본 부호는 소리치며 뒤를 따라나섰습니다.

"장인어른!"

혹시 마음이 바뀔까 걱정한 장인은 걸음을 재촉하였고, 부호는 천천히 따라가다가 먼 길을 달린 장인이 지쳐 숨을 몰아쉴 무렵 말을 건넸습니다.

"이 가마솥은 행운이 따르는 이에게만 효험이 있습니다. 라드를 발라 들보에 걸고, 사흘 동안 온전히 보존되면 진짜 효과를 볼 수 있습니다."

장인은 '내가 백만장자이니 운도 좋을 것' 이라 여겼습니다. 열흘이 걸린다 해도 아깝지 않다고 생각하며, 곧장 가마솥 전체에 라드를 바르고, 밧줄로 엮어 그것을 들보에 걸었습니다.

그러나 그날 밤, 들보 위로 올라온 쥐 한 마리가 고소한 냄새를 맡고 밧줄을 갉기 시작하였습니다. 자정 무렵, 천장에서 '쿵' 하고 갑작스러운 굉음이 들려왔고, 장인이 달려 나가 보았을 때에는 '자가가열 가마솥' 이 산산이 부서져 있었습니다.

장인은 허탈하게 한숨을 쉬며 중얼거렸습니다.

"허, 참. 나는 운이 참 없구나…"